AF107756

www.ingramcontent.com/pod-product-compliance
Lightning Source LLC
LaVergne TN
LVHW010614070526
838199LV00063BA/5155
*9788119022991*

# آخری سبق

(لوک کتھائیں اور تاریخی کہانیاں)

مصنف:

کیدارناتھ کومل

© Taemeer Publications


**Aakhari Sabaq** *(Stories for Children)*
by: Kedarnath Komal
Edition: March '2023
Publisher & Printer:
Taemeer Publications, Hyderabad.

ISBN 978-81-19022-99-1

مصنف یا ناشر کی پیشگی اجازت کے بغیر اس کتاب کا کوئی بھی حصہ کسی بھی شکل میں بشمول ویب سائٹ پر اَپ لوڈنگ کے لیے استعمال نہ کیا جائے۔ نیز اس کتاب پر کسی بھی قسم کے تنازع کو نمٹانے کا اختیار صرف حیدرآباد (تلنگانہ) کی عدلیہ کو ہو گا۔

© تعمیر پبلی کیشنز

| | | |
|---|---|---|
| کتاب | : | **آخری سبق** (بچوں کی کہانیاں) |
| مصنف | : | **کیدارناتھ کومل** |
| صنف | : | ادب اطفال |
| ناشر | : | تعمیر پبلی کیشنز (حیدرآباد، انڈیا) |
| زیر اہتمام | : | تعمیر ویب ڈیولپمنٹ، حیدرآباد |
| سالِ اشاعت | : | ۲۰۲۳ء |
| تعداد | : | (پرنٹ آن ڈیمانڈ) |
| طابع | : | تعمیر پبلی کیشنز، حیدرآباد -۲۴ |
| صفحات | : | ۶۴ |
| سرورق ڈیزائن | : | تعمیر ویب ڈیزائن |

# فہرست

| | |
|---|---|
| ۱۔ آخری سبق | 9 |
| ۲۔ سب سے بڑی عبادت | 14 |
| ۳۔ ایمانداری بے کار نہیں جاتی | 17 |
| ۴۔ بھروسہ | 20 |
| ۵۔ لالچ کی لپٹیں | 22 |
| ۶۔ بیل۔ ستارہ | 24 |
| ۷۔ بیل کیوں نہیں بولتے؟ | 26 |
| ۸۔ سورج اور چاند | 28 |
| ۹۔ تین کچھوے | 30 |
| ۱۰۔ دھان کا سونا | 33 |
| ۱۱۔ اپنے پاؤں: اپنا بھروسہ | 35 |
| ۱۲۔ آزادی کی کرنیں | 39 |
| ۱۳۔ آزادی کا سکھ | 45 |
| ۱۴۔ سچا ساتھی | 48 |
| ۱۵۔ ایک گمنام لڑکی | 53 |
| ۱۶۔ انمول رتن | 60 |

# تعارف

نام : کیدار ناتھ کومل

تاریخ پیدائش : ۱۷ر فروری ۱۹۳۱ء

جنم بھومی : مالیر کوٹلہ (پنجاب)

تعلیم : ایم۔اے (تاریخ)، پنجاب یونیورسٹی۔

❖ ہندی شاعری کی کتابیں:

چوراہے پر، کہرے سے نکلتے ہوئے، سورج کے آس پاس، میرے شبد: میرا لہو، اندھے سورج کا سفر، ریت پر لکیریں، پت جھڑ کے ہستاکشر، سگندھ، پر میرا کی پد چاپ۔

❖ بچوں کی کتابیں

ہم سورج کے بچے، آشا کی کہانی، ہم بھارت کے سورج، ہر دن نیا (نظمیں) انوکھا نیائے، تاریخی روچک کہانیاں (کہانیاں)

❖ اردو، کنڑ، پنجابی، ملیالم، نیپالی، اڑیا، مراٹھی، روسی زبان میں شعری مجموعوں رچنی ہوئی نظموں کا ترجمہ

❖ کرناٹک کے نصابی کتابوں میں نظمیں اور کہانیاں شامل ہیں۔

❖ ہندوستان کے مشہور ادبی رسائل میں ۱۹۶۰ء سے کلام شائع ہو رہا ہے۔

❖ ریڈیو، دوردرشن سے نظمیں نشر ہوتی ہیں۔

❖ چار درجن ہندی اور انگریزی مجموعوں میں نظمیں رمضامین شامل ہیں۔

❖ شاعری پر کئی یونیورسٹیوں سے ایم فل۔پی۔ایچ۔ڈی ریسرچ مکمل ہو چکی ہے۔

❖ سابق انڈر سیکریٹری، یونیورسٹی گرانٹس کمیشن، نئی دلی۔

❖ آج کل سینئر فیلو، منسٹری آف ایجوکیشن، گورنمنٹ آف انڈیا، نئی دلی۔

# آخری سبق کے بہانے

کبھی خواب میں بھی نہیں سوچا تھا کہ میری کہانیاں اُردو میں بھی شائع ہوں گی۔ بچپن سے پڑھنے کا شوق رہا ہے۔ چھٹی جماعت تک اسکول میں باقاعدہ اُردو کی تعلیم حاصل کی۔ اُس کے بعد ہندی (آنرز) لیکن بی۔اے اُردو (Optional) سے پاس کیا۔

ادب زبان کی سرحدوں کو نہیں مانتا۔ چنانچہ ہندی، انگریزی اور اُردو ادب کا مطالعہ کیا۔

کہنے کو اُردو میں یہ تیسری کتاب ہے۔ پہلا شعری مجموعہ ،اجنبی، ۱۹۸۲ء میں شائع ہوا۔ اُتر پردیش اُردو اکادمی سے انعام ملا۔ دوسری کتاب۔ ننھے منے گیت حال ہی میں بیورو فار پروموشن آف اُردو، نئی دلّی سے ریلیز ہونے والی ہے۔

اور اب یہ کہانیاں ''آخری سبق''

بچوں کی یہ کہانیاں ادب میں نئی نہیں ہیں۔ یہ کہانیاں ہندوستان، دلّی۔ نندن، دلّی۔ ٹربیون، چنڈی گڑھ، ہفتہ وار ہندستان، دلّی۔ بال بھارتی، دلّی۔ راشٹریہ سہارا، دلّی۔ ہفتہ وارِ دن مان، دلّی سے شائع ہو چکی ہیں۔

ایسا نہیں کہ اُردو ادب میں میرا نام ایک دم نیا ہے۔ پچھلے بیس پچیس سالوں سے ہندی شاعروں، ادیبوں کے بارے میں اُردو 'آج کل' میں لکھتا رہا ہوں۔ بلکہ سچ یہ ہے اُردو کے جانے مانے شاعر، ایڈیٹر، مخلص دوست راج نرائن رازؔ لکھواتے رہے ہیں۔

یہ کہانیاں کتابی شکل میں آ رہی ہیں۔ اس میں میرا کم اُردو اکادمی کے سابق سیکریٹری ڈاکٹر صادق صاحب کا زیادہ ہاتھ رہا ہے۔ اکادمی کے بچّوں کے رسالے۔ ''اُمنگ'' میں میری کہانیاں نظمیں شائع کر کے حوصلہ افزائی کرتے رہے ہیں۔ ڈاکٹر صادق صاحب کا میں تہہ دِل سے شکر گذار ہوں۔

جس دَور سے ہم گزر رہے ہیں، وہ بہت اہم ہے۔ سائنس اور ٹیکنالوجی کی نئی دریافتوں کی وجہ سے آئے دِن زندگی میں تیزی سے تبدیلیاں آ رہی ہیں، خاص کر شہری زندگی مشینی زندگی بن کر رہ گئی ہے۔

بچے قوم کا مستقبل ہیں۔ ہم کو نئی تبدیلیوں کے ساتھ اپنی وراثت، روایت کو بھی قائم رکھنا ہے۔ یہ کہانیاں ہندوستان کی تہذیب و تمدن کی منھ بولتی تصویریں ہیں۔ امید ہے بچّے اِن کہانیوں سے کچھ سیکھ سکیں گے۔

نئی دہلی، کیدار ناتھ کومل

۱۲؍ جولائی ۱۹۹۷ء

# آخری سبق

مدرسہ جانے میں دیر ہو گئی۔ سوچ رہا تھا۔ آج ماسٹر جی بگڑیں گے۔ مجھے سبق یاد نہیں۔ سوچا کہیں بھاگ جاؤں۔ آج کا دن گھوم پھر کر گزار دوں۔ سردیوں کا ہلکا ہلکا گرم دن تھا۔ درختوں پر بیٹھی چڑیاں گیت گا رہی تھیں۔ میں بڑے مزے سے دن گزار سکتا تھا۔ پھر بھی میں مدرسے کی جانب چل دیا۔

میں میونسپلٹی کے دفتر کے سامنے سے جا رہا تھا۔ نوٹس بورڈ کے سامنے بہت بھیڑ لگی ہوئی تھی۔ پچھلے دو سالوں سے جو بُری خبر آتی تھی۔ اس نوٹس بورڈ پر سب سے پہلے چسپاں کر دی جاتی تھی، تاکہ سب لوگ پڑھ سکیں۔ وہاں سے گزرتے ہوئے میں نے سوچا۔ ''آج کون سی نئی خبر ہے؟''

تھوڑی دیر بعد مدرسہ آگیا۔ مدرسے میں پڑھائی شروع ہونے کی آواز باہر سڑک پر صاف سنائی دیتی تھی۔ کہیں ڈیسک کھلتے، کہیں بند ہوتے۔ کہیں بچے مل کر اپنا سبق دوہراتے تھے۔ ماسٹر کے میز تھپتھپانے کی آواز سے پتہ چلتا تھا کہ ڈھول بج رہا ہو۔ لیکن آج ہر طرف خاموشی تھی۔ کھڑکی سے جھانکا تو دیکھا، میرے سارے جماعتی اپنی اپنی جگہ بیٹھے ہیں۔

ماسٹر صاحب لوہے کا بدشکل رول دبائے اِدھر اُدھر ٹہل رہے تھے۔ ماسٹر صاحب نے مجھے دیکھتے ہی میرا نام پکارا۔ پھر اپنی جگہ بیٹھنے کا حکم دیا۔ بولے۔ ''ہم لوگ تمہارے بغیر ہی آج کا سبق شروع کرنے والے تھے۔''

میں جلدی سے اپنی جگہ جا بیٹھا۔ ڈر تھوڑا کم ہوا۔ میں نے اِدھر اُدھر دیکھا۔ ماسٹر صاحب نے خوبصورت ہرا کوٹ، جھالر دار قمیض اور ریشمی ٹوپی پہنی ہوئی تھی۔ یہ خوبصورت لباس وہ سالانہ جلسے اور خاص موقعوں پر پہنتے تھے۔ سارے مدرسے میں عجیب قسم کی خاموشی چھائی ہوئی تھی۔ جس بات پر مجھے سب سے زیادہ حیرانی ہوئی وہ یہ کہ ہمارے ڈیسکوں کے پیچھے، جو جگہ کبھی خالی رہا کرتی تھی، آج گاؤں کے بڑے بزرگ لوگوں سے بھری ہوئی تھی۔ بوڑھا ہوسکر اپنی تکونی ٹوپی پہنے ہوئے تھا۔ شہر کا بوڑھا میونسپلٹی کا صدر۔ بوڑھا پوسٹ ماسٹر اور کئی لوگ وہاں موجود تھے۔ ہر آدمی اُداس دکھائی دیتا تھا۔

میں اِن عجیب باتوں سے حیران ہو رہا تھا۔ ماسٹر صاحب اپنی کرسی پر بیٹھے ہوئے تھے۔ وہ نہایت نرم آواز میں بولے۔ ”میرے بچو! آج میں تمہیں فرانسیسی زبان کا آخری سبق پڑھاؤں گا۔ برلن کے افسر ہمارے شہر میں آچکے ہیں۔ اُن کا حکم ہے کہ اب فرانس کے مدرسوں میں صرف جرمن زبان ہی پڑھائی جائے۔ کل میری جگہ نیا اُستاد آجائے گا۔ وہی تمہیں جرمن زبان پڑھائے گا میں چاہتا ہوں۔ آج تم دھیان سے میری بات سنو۔“ اتنا کہہ کر اُستاد صاحب خاموش ہو گئے۔

اُن کے یہ الفاظ بجلی کی طرح میرے جسم میں سرایت کر گئے۔ اب میری سمجھ میں آیا کہ نوٹس بورڈ پر اتنی بھیڑ کیوں لگی تھی۔ ضرور یہی اعلان اس نوٹس بورڈ پر لگا ہو گا۔

آج مجھے فرانسیسی زبان کا آخری سبق پڑھنا تھا۔ مجھے ابھی پوری طرح لکھنا نہیں آتا تھا۔ اس کا مطلب تھا میں اپنی زبان نہیں سیکھ سکوں گا۔ جہاں ہوں،

وہیں رہ جاؤں گا۔ مجھے بہت دُکھ ہوا کہ میں نے آج بھی اپنا سبق یاد نہیں کیا تھا۔ پہلے بھی پڑھنے سے جی چراتا رہا۔ گھونسلوں سے چڑیوں کے انڈے چُرانے اور کھیلوں میں سارا دن گزار دیتا تھا۔ کتابیں میرے لئے مصیبت بن کر رہ گئی تھیں۔ پُرانی باتیں یاد کر کے میری آنکھیں بھر آئیں۔ اپنے اُستاد صاحب کے چلے جانے کا دکھ ستانے لگا۔

اب میری سمجھ میں آیا کہ بوڑھے لوگ کیوں پچھلے ڈیسکوں پر بیٹھے ہوئے ہیں۔ شاید انہیں بھی اس بات کا دُکھ تھا کہ اُن کے بچّے اپنی مادری زبان نہیں پڑھ سکیں گے۔ وہ دل ہی دل میں اُستاد صاحب کی تعریف کر رہے تھے۔

میں یہ سب سوچ ہی رہا تھا کہ تبھی میرا نام پکارا گیا۔ سبق سنانے کی میری باری تھی۔ اس وقت میری حالت دیکھنے کے لائق تھی۔ سبق مجھے یاد نہیں تھا۔

میں چند الفاظ ہی بول کر رہ گیا۔ میں نے دونوں ہاتھوں سے ڈیسک پکڑ رکھا تھا۔ دل دھڑک رہا تھا۔ اوپر دیکھنے کی ہمت نہیں ہوتی تھی۔

اُستاد صاحب نے مجھ سے کہا۔ ''آج میں تمہیں کچھ نہیں کہونگا لیکن دیکھو، تم ہر روز دل میں کہتے رہے کہ ابھی بہت وقت پڑا ہے۔ میں کل اپنا سبق یاد کر لونگا۔ لیکن آج اس کا کیا نتیجہ نکلا؟ آہ، مجھے سب سے بڑا دُکھ یہی ہے کہ اب دشمن کیا کہیں گے! وہ سوچیں گے، ہنسی اڑائیں گے۔ یہ لوگ اپنے آپ کو فرانسیسی کہتے ہیں، مگر نہ انہیں فرانسیسی زبان بولنی آتی ہے، نہ لکھنی آتی ہے۔ ننھے بچّے، اس میں تمہارا قصور نہیں! ہم سبھی قصوروار ہیں۔ تمہارے والدین کو تمہیں تعلیم دلانے کا کچھ زیادہ شوق نہ تھا۔ وہ اس کو بہتر سمجھتے تھے کہ تم کوئی کام دھندہ کرنے لگو تاکہ گھر کی آمدنی بڑھ سکے اور میں بھی قصوروار ہوں۔ کئی بار میں

تمہیں پڑھانے کی بجائے کیاریوں میں پانی دِلواتا رہا۔ میں گھومنے جاتا تو مدرسے سے چھٹی لے لیتا تھا۔"

اس طرح کہتے ہوئے اُستاد فرانسیسی زبان میں بات کرنے لگے۔ پھر بولے۔"جو غلام قومیں اپنی مادری زبان کو یاد رکھتی ہیں، وہ ہمیشہ اپنی آزادی کو حاصل کر کے رہتی ہیں۔" اس کے بعد ماسٹر صاحب نے کتاب کھولی اور سبق پڑھانا شروع کر دیا۔ میں حیران تھا آج کا سبق مجھے کتنا آسان معلوم ہو رہا تھا۔

میں نے سبق پورے دھیان سے سنا۔ ایسا لگتا تھا، جیسے اُستاد صاحب جو کچھ جانتے تھے۔ سارا بتادینا چاہتے تھے۔

آدھی چھٹی کے بعد ہمیں اِملا لکھنے کو ملا۔

اس دن اُستاد صاحب ہمارے لیے نئی کاپیاں لائے تھے۔ ان پر 'فرانسیسی' الفاظ بڑے خوبصورت ڈھنگ سے لکھے تھے۔ ہمارے ڈیسکوں کے اوپر ننھی ننھی چھڑیاں کھڑی کر کے کاپیاں ان پر ٹانگ دی گئی تھی۔ ایسا لگتا تھا جیسے سارے کمرے میں جھنڈیاں لہرا رہی ہوں۔

سبھی بچے لگن سے اپنا کام کر رہے تھے۔ باہر چھت کی منڈیر پر کبوتر غُٹر غوں، غُٹر غوں کر رہے تھے۔ میں نے دل میں کہا۔"کیا اب کبوتروں کو بھی جرمن میں غُٹر غوں کرنا سکھایا جائے گا۔؟"

جب بھی کاپی سے میری نظر اٹھتی تو دیکھتا اُستاد اپنی کرسی پر کھوئے ہوئے بیٹھے ہیں۔

بیس سال سے یہ اُستاد یہاں تھے۔ ڈیسک اور بینچ بھی گھس کر پرانے ہو گئے تھے۔ مدرسے کے کتنے ہی درخت انہوں نے اپنے ہاتھوں سے لگائے تھے۔

اوپر والے کمرے میں ماسٹر صاحب کی بہن کے اِدھر اُدھر چلنے کا آواز آرہی تھی۔ وہ سامان باندھنے میں مصروف تھی۔ انہیں اگلی صبح شہر کو خیر باد کہنا تھا۔

اُستاد صاحب نے پوری ذمہّ داری کے ساتھ اپنا کام کیا۔ جانے کا دُکھ ہوتے ہوئے بھی، لگن سے سبق پورا پڑھلیا۔

تبھی مدرسے کی گھنٹی بجی۔ گھنٹی کے ساتھ ہی بگل کی آواز گونجی۔ اُستاد کرسی سے اٹھ کر کھڑے ہوگئے۔ اس وقت ان کے چہرے کا رنگ پھیکا پڑ گیا تھا لیکن اس پر عزم کی دمک تھی۔ بولے۔ ”میرے دوستو میں... میں...“ جیسے کوئی شے اُن کے گلے میں اٹک گئی۔ وہ اور کچھ نہ بولے۔ پھر بلیک بورڈ کی طرف مڑ گئے۔ چاک کا ایک ٹکڑا لیا۔ اپنی پوری طاقت سے انہوں نے بلیک بورڈ پر لکھ دیا۔ ”فرانس امر رہے!“

پھر وہ رُک گئے، اپنا سر دیوار سے ٹکا دیا اور بغیر کچھ بولے ہاتھ سے اشارہ کیا جس کا مطلب تھا۔ مدرسہ بند ہو گیا۔ اب تم گھر جا سکتے ہو!

٭(فرانس کی کہانی)٭

◆٭◆٭◆

٭٭

٭

# سب سے بڑی عبادت

بغداد میں ایک مشہور پہلوان رہتا تھا۔ آس پاس کے سبھی پہلوانوں کو وہ شکست دے چکا تھا۔ وہ بغداد کے بادشاہ کی سر پرستی میں رہتا تھا۔ اسی لئے اکثر اسے للکارنے کی کوئی ہمت نہیں کرتا تھا۔

ایک مرتبہ ایک دُبلا پتلا آدمی شہر میں آیا۔ اُس نے کچھ لوگوں سے مشہور پہلوان سے کُشتی لڑنے کی خواہش ظاہر کی چنانچہ اسے بادشاہ سلامت سے ملنے کی صلاح دی گئی۔ لوگوں نے کہا۔ ''یہ کُشتی بادشاہ سلامت ہی طے کر پائیں گے!''

وہ آدمی بادشاہ سلامت کے دربار میں حاضر ہوا۔ اس سے وہاں آنے کی وجہ دریافت کی گئی۔ وہ بولا۔ ''بادشاہ سلامت! میں آپ کے جانے مانے پہلوان سے کُشتی لڑنا چاہتا ہوں۔ مہربانی فرما کر مجھے اس بات کی اجازت بخشیں تاکہ اپنے فن کا مظاہرہ کر سکوں!''

بادشاہ سلامت نے اس دبلے پتلے آدمی کو اُوپر سے نیچے تک شک و شبہ کی نظروں سے دیکھا۔ پھر بولے۔ ''کیا تمہیں یقین ہے کہ تم شاہی پہلوان کو شکست دے سکو گے؟ کہاں تم دُبلے پتلے، کہاں وہ طاقت ور پہلوان! شاید تم اس سے اپنی کلائی بھی نہ چھڑوا سکو گے!''

دُبلا پتلا آدمی یقین سے بولا۔ ''جہاں پناہ! آپ نے قوّت کا چمتکار دیکھا ہوگا۔ میں اپنا فن دکھانے آیا ہوں۔ مجھے یقین ہے، میں اسے پچھاڑ دوں گا...... ایک مرتبہ، بس ایک مرتبہ آپ مجھے موقعہ دیجیے، پھر دیکھیے میرے فن کا کمال......''

بادشاہ سلامت اس کے الفاظ سے بہت متاثر ہوئے تھوڑا رُک کر بولے۔ ''آج شام کو شاہی اکھاڑے میں تم دونوں کا مقابلہ طے رہا!''

طے شدہ وقت سے پہلے ہزاروں دیکھنے والوں کی بھیڑ جمع ہو گئی۔ ٹھیک وقت پر بادشاہ سلامت تشریف لائے اور اپنی نشست پر براجمان ہو گئے۔ دونوں پہلوان اکھاڑے میں اُترے۔ دیکھنے والوں میں کانا پھوسی ہونے لگی۔ ''کہاں شاہی پہلوان! کہاں یہ کاغذی پہلوان......''

دوسرا بولا۔ ''یہ جوڑی برابر کی نہیں!''

تیسرا بولا۔ ''کیوں پریشان ہوتے ہو؟ آخر کچھ سوچ سمجھ کر ہی بادشاہ سلامت نے کُشتی طے کی ہو گی!''

جتنے منھ، اتنی باتیں۔ اشارہ پاتے ہی پہلوانوں نے ہاتھ ملائے۔ ٹھیک وقت پر دنگل شروع ہوا۔ مگر یہ کیا؟ دوسرے ہی منٹ شاہی پہلوان چاروں خانے چت! کسی کو یقین ہی نہیں ہو رہا تھا کہ یہ سب کیسے ہوا۔ باشاہ سلامت نے حکم دیا۔ ''ایسا کیسے ہو سکتا ہے؟ ایک مرتبہ پھر کُشتی لڑی جائے!'' دوسری مرتبہ بھی ایسا ہی ہوا۔ بادشاہ سلامت نے دبلے پتلے پہلوان کی فتح منظور کر لی اور اسے بہت سا انعام دے کر رخصت کیا۔ حیرانی میں ڈوبی بھیڑ دھیرے دھیرے چھٹ گئی۔

دوسرے دن دربار لگا۔ بادشاہ سلامت نے شاہی پہلوان سے پوچھا۔ ''کل کیسے ہار گئے تم؟ یقین نہیں آتا۔ آج تک تم سب پہلوانوں کو نیچا دکھاتے آئے ہو؟''

شاہی پہلوان عاجزی سے بولا۔ ''اسے داؤ پیچ آتا تھا۔ کُشتی کے فن میں ہوشیار تھا۔ اس لئے وہ جیت گیا اور میں ہار گیا......''

بادشاہ سلامت کو یقین نہیں آیا بولے۔ ”نہیں، ایسا نہیں ہو سکتا! ضرور کوئی بات چھپا رہے ہو تم!“

شاہی پہلوان تھوڑی دیر خاموش رہا۔ پھر ہمت باندھ کر عرض کی۔ ” میرے مالک! اس آدمی نے اکھاڑے میں اُترتے ہی، مجھ سے ہاتھ ملاتے ہوئے کہا۔ ”یاد ہے کل والی بات؟ بھائی! تم نہیں جانتے، میں کتنا غریب آدمی ہوں۔ میری بیوی، بچّے مارے بھوک کے مجبور ہیں۔ اگر تم کُشتی ہار جاؤ، تو تمہارا بہت احسان مند ہوں گا۔ میری ڈوبتی نیاّ تیر جائے گی۔ میری بیوی، بچّے زندگی بھر تمہارا احسان مانیں گے!“ بس، تبھی میں نے طے کر لیا کہ اس غریب کی مدد کرونگا!۔

بادشاہ سلامت چونکے اور پوچھنے لگے۔ ”تم نے اپنی عزّت آبرو کی پروا نہ کرتے ہوئے اس دبلے پتلے آدمی سے شکست قبول کرلی؟ اس کی مدد کرنے کا کوئی اور راستہ بھی نکالا جا سکتا تھا!“

شاہی پہلوان بولا ”جہاں پناہ! کسی ضرورت مند آدمی کی مدد کرنا، خدا کی سب سے بڑی عبادت ہے۔ اس کے سامنے عزّت آبرو حقیر شے ہے۔ میں اسی لئے مقابلہ ہار گیا!“

بادشاہ سلامت بہت خوش ہوئے۔ پھر بولے۔ ”میں سمجھ گیا۔ خُدا کی سب سے بڑی عبادت ایک دوسرے کی مدد کرنا ہے۔ مجھے تمہاری شکست پر افسوس نہیں!“

*(بغداد کی لوک کتھا)*

❖❖❖

# ایمانداری بے کار نہیں جاتی

پرانے زمانے کے بات ہے۔ دو پڑوسی تھے۔ ایک بہت ایماندار، دوسرا ایک دم بے ایمان۔ بے ایمان کافی بوڑھا تھا۔

دسمبر کا آخری ہفتہ تھا۔ ایک شام سڑک پر دونوں کی ملاقات ہو گئی۔ بوڑھے آدمی نے کہا۔ "سال ختم ہو رہا ہے۔ کیوں نہ نیا سال نئے سپنوں سے شروع کریں۔

"ضرور، ضرور!" ایماندار آدمی نے ہاں میں ہاں ملاتے ہوئے کہا۔

تین دن بعد دونوں پڑوسی پھر سڑک پر ملے۔ ایماندار آدمی بولا۔ "کل رات مجھے خواب آیا۔ بہت انوکھا خواب تھا!"

"انوکھا خواب؟ کچھ بتاؤ تو......"

"خواب میں میں نے دیکھا کہ میرے گھر کی چھت پر دھوئیں والی چمنی کے راستے سے کسی نے بہت سا دھن ڈال دیا ہے......"

"اور مجھے بھی خواب میں زمین سے بہت سا دھن ملا!"

'ہم دونوں کے سپنے اچھے رہے!'

اور وہ خوش خوش اپنے اپنے گھر چلے گئے۔

چند روز بعد ایماندار آدمی نے من میں سوچا۔ " آج سردی کم ہے۔ کیوں نہ آج ہی کھیت میں بیج بو آؤں؟"

اسے کھیت میں ہل چلاتے آدھا گھنٹہ بھی نہ گزرا تھا کہ زمین میں ہل سے ٹکرا کر کسی سخت چیز کی آواز آئی۔ وہ ٹھٹھکا۔ تھوڑی زمین کھودی۔ اس نے دیکھا

کہ زمین میں سونے چاندی کے زیورات سے بھرا برتن ہے۔ اس نے سوچا کہ وہ برتن اس کے پڑوسی کے لئے ہوگا کیونکہ اس کے پڑوسی کو زمین سے بہت سا دھن ملنے کی امید تھی۔

چنانچہ ایمان دار آدمی دوڑا دوڑا بوڑھے پڑوسی کے پاس گیا۔ اسے ساری بات اچھی طرح سمجھا دی۔ وہ بولا۔ ''تمہاری قسمت تو جاگ اٹھی۔ تمہارا خواب سچّا ہونے والا ہے۔ سونے چاندی کے زیورات سے بھرا برتن فلاں کھیت سے نکال لاؤ۔'' بے ایمان پڑوسی کو یقین نہیں آیا کیونکہ دراصل اسے ایسا سپنا آیا ہی نہیں تھا۔ وہ تو بات کی بات میں اس نے ایسا کہہ دیا تھا کہ زمین سے اسے دھن ملے گا۔

پھر بھی بے ایمان آدمی کھیت کی طرف چل دیا۔ ادھر بے ایمان آدمی نے ساری داستان اپنی بیوی سے کہہ ڈالی۔ اس روز بڑے زوروں کی سردی تھی۔ وہ رات کو بہت دیر تک اپنی بیوی سے باتوں میں مشغول رہا۔ انگیٹھی کے پاس آگ تاپتے تاپتے نجانے کب اس کی آنکھ لگ گئی، پتہ ہی نہ چلا۔

ادھر بے ایمان آدمی نے زمین سے سونے چاندی کے زیورات بھرا برتن نکالا۔ جیسے ہی برتن کا ڈھکنا اٹھایا تو اس کی آنکھیں کھُلی کی کھُلی رہ گئیں۔ برتن میں زیورات کی بجائے چھوٹے چھوٹے سانپ کے بچّے تھے......

اسے بے حد غصہ آیا۔ اس نے من ہی من میں سوچا کہ وہ اپنے پڑوسی کو اس مذاق کا مزا چکھائے گا! چنانچہ اس نے خوب اچھی طرح برتن ڈھکا، اپنے کندھے پر اٹھایا اور گھر کی طرف چل دیا۔ رات کافی گزر چکی تھی۔ بے ایمان آدمی مارے غم وغصّے کے جل بھُن رہا تھا۔ وہ سیدھا پڑوسی کے مکان کی چھت پر چڑھ گیا۔ دھوئیں والی

چمنی سے اس نے دیکھا اس کا پڑوسی دھوئیں والی انگیٹھی کے پاس سو رہا ہے۔ قریب ہی اس کی بیوی سو رہی تھی۔ اس نے آؤ دیکھا نہ تاؤ، مرتبان کا ڈھکنا اتارا اور سانپ کے بچوں کو چمنی سے نیچے انڈیل دیا۔ لیکن یہ کیا، نیچے سونے چاندی کے زیورات جو گرے تو اس کی بیوی کی نیند بھی کھل گئی۔ ایماندار آدمی اپنی بیوی سے بولا۔ "میں کہتا تھا کہ ہماری چھت سے دھن کی بارش ہو گی!"

ایماندار آدمی مالا مال ہو گیا۔ بے ایمان آدمی اپنا ماتھا پکڑ کر وہیں بیٹھ گیا اور سوچنے لگا۔ یہ سب کیسے ہوا؟

(جاپانی لوک کتھا)

# بھروسہ

ایک دولت آدمی نے فیصلہ کیا کہ وہ اس آدمی کو روپیوں کی تھیلی دے گا جس کا بھگوان پر بھروسہ نہ ہوگا۔

وہ روپیوں کی تھیلی لے کر بازار گیا۔ وہ نِٹھلے، بے کار بھکاریوں کے پاس جاکر بولا۔ "جو یہ کہے گا کہ اسے بھگوان پر بھروسہ نہیں، اسے یہ روپیوں کی تھیلی دوں گا!" اُس نے کوٹ کی جیب سے تھیلی نکالی۔ نِٹھلے، بے کار بھکاریوں کو بہت غصہ آیا۔ وہ بولے۔ "جایئے یہاں سے۔ ہم ہمیشہ بھگوان کی کرپا چاہتے آئے ہیں اور چاہیں گے، آخری سانس تک!"

دولت مند آدمی کو مایوسی ہوئی۔ وہ ایک اجاڑ جگہ پہنچا۔ وہاں ایک ننگا آدمی راکھ پر لیٹا ہوا تھا۔ دولت مند نے اُس سے سوال کیا۔ "بھگوان کے ستائے ہوئے، بد قسمت انسان اٹھو۔ کہو کہ تمہیں بھگوان پر یقین نہیں۔ میں تمہیں یہ روپیوں کی تھیلی دوں گا!"

"نہیں، کبھی نہیں۔ مجھے زندگی کے آخری سانس تک بھگوان پر بھروسہ رہے گا۔" وہ چلایا۔

دولت مند من ہی من میں اپنے آپ کو کوسنے لگا۔ وہ ایک قبر کے پاس پہنچا۔ اس نے سوچا قبر میں مردہ آدمی کی سب خواہشات مٹی میں مل چکی ہونگی۔ اس کا بھگوان پر بھروسہ اٹھ گیا ہوگا۔ کیوں نہ روپیوں کی تھیلی اس کے قریب رکھ دی جائے؟ چنانچہ اس نے قبر کھودی اور روپیوں کی تھیلی وہاں رکھ دی۔ پھر قبر پر مٹی ڈال دی۔

کئی برس بیت گئے۔ قسمت کا چکر چلا۔ دولت مند ایک دم غریب ہو گیا۔ دونوں وقت پیٹ بھر کھانا اسے نصیب نہیں ہو تا تھا۔ بھوک سے چھٹکارا پانے کے لئے وہ اسی قبرستان میں چلا گیا۔ اچانک اسے یاد آیا کہ اس نے ایک قبر میں روپیوں کی تھیلی دفنائی تھی۔ بڑی مشکل سے اس نے وہی قبر ڈھونڈ نکالی۔ ابھی وہ قبر کھود ہی رہا تھا کہ چوکیدار نے اسے چوری کرتے ہوئے پکڑ لیا۔

دوسرے دِن اسے قاضی کے سامنے پیش کیا گیا۔ اس پر الزام لگایا گیا کہ اس نے قبر کھود کر دولت چرائی ہے۔

ملزم نے اپنا جرم قبول کر لیا۔ وہ بولا۔ "میں نے بھگوان کے خلاف قصور کیا ہے۔ میں نے یہ دولت قبر میں دفنائی تھی یہ سوچ کر کہ مردہ آدمی کا بھگوان سے بھروسہ اٹھ چکا ہو گا۔ اپنی غلطیوں کی وجہ سے میں غریب ہو گیا ہوں۔ اب روٹی کے لالے پڑ گئے، تو وہی اپنے چھپائے ہوئے روپے قبر سے نکالے ہیں...... میرا اور کوئی قصور نہیں۔ مجھے معافی......!"

قاضی نے ٹوکا۔ "کیا تمہیں پتہ ہے کہ پلک جھپکتے ہی بھگوان کچھ کا کچھ کر دیتا ہے۔ اس کی طاقت بے پناہ ہے یاد ہے تمہیں؟ وہ راکھ پر لیٹا ننگا آدمی......؟ وہ میں ہی تھا۔ بھگوان کے کرم سے آج میں راجا ہوں!"

راجا کے حکم کے مطابق اسے روپیوں کی تھیلی کے ساتھ آزاد کر دیا گیا!

(اسرائیل کی لوک کتھا)

**

*

# لالچ کی لپٹیں

کِشن ایک غریب آدمی تھا۔ اسے بھر پیٹ روٹی بھی نہیں ملتی تھی۔ ایک مرتبہ کئی دنوں تک اسے کچھ کھانے کو نہیں ملا۔ شام کو وہ گھر لوٹا، تو بھوک اور تھکان سے اُس کا بُرا حال تھا۔ اس نے بھگوان سے پرارتھنا کی۔ ''بھگوان! میری مدد کرو۔''

تھوڑی دیر کے لئے اسے نیند سی آ گئی۔ جب آنکھیں کھولیں تو اُس کی نظر ایک چھوٹے سے بٹوے پر پڑی۔ وہ چونک کر اُٹھ بیٹھا۔ اسے محسوس ہوا۔ ضرور بھگوان نے اُس کی پرارتھنا سُن لی ہے۔

جیسے ہی اُس نے بٹوہ اٹھانے کے لئے ہاتھ بڑھایا۔ ایک آواز سنائی دی۔ ''اس بٹوے میں ایک سکہ ہمیشہ رہے گا۔ جیسے ہی ایک سِکہ نکالو گے، فوراً دوسرا سِکہ اس میں آ جائے گا۔ لیکن اس میں سے نکالا دھن خرچ کرنے سے پہلے اس بٹوے کو ندی میں پھینک دینا۔''

کِشن کی خوشی کا ٹھکانہ نہ تھا۔ وہ ایک ایک کر کے سکے جمع کرنے میں مصروف ہو گیا۔ اگلی شام تک اس نے سکوں کی ایک بڑی تھیلی بھر لی۔ گھر میں کھانے کو کچھ نہ تھا۔ اس نے روٹی لانے کی بات سوچی۔ تبھی اسے یاد آیا کہ بٹوے کا دھن خرچ کرنے سے پہلے بٹوے کو ندی میں پھینکنا ہو گا۔ اس نے سوچا۔ ''ایک تھیلی اور بھر لوں۔ کل بٹوہ ندی میں پھینک دوں گا۔''

دن بیتنے لگے۔ وہ بٹوہ نہیں پھینک سکا۔ جب بھی اسے پھینکنے کی سوچتا، لالچ آجاتا۔ ایک دو بار ندی تک گیا بھی، پھر ایسے ہی لوٹ آیا۔ اس کے گھر سکّوں کی تھیلیاں جمع ہوتی جارہی تھیں، لیکن اُس کے لالچ کا انت نہیں تھا۔

آخر ایک دن وہ بیمار ہوکر مر گیا۔ اس کی جھونپڑی سکّوں کی تھیلیوں سے بھری پڑی تھی۔ مگر کھانے کو روٹی کا ایک ٹکڑا بھی نہیں تھا۔ وہ بھوکا ہی مر گیا۔ لالچ کی لپٹوں نے اسے جلادیا تھا۔

# بَیل۔ ستارہ

پُرانے زمانے کی بات ہے۔ کہتے ہیں، کبھی بَیل آکاش پر ایک ستارہ تھا۔ وہ دوسرے ستاروں کی طرح آکاش میں جگمگاتا تھا۔ اس کا نام بَیل ستارہ تھا۔

اس زمانے میں دھرتی پر رہنا اتنا آسان نہیں تھا۔ آدمی کو بہت پریشانیوں کا سامنا کرنا پڑتا تھا۔ دن بھر کی کڑی محنت کے بعد پانچ چھ دن میں صرف ایک بار کھانے کو ملتا تھا۔

جنّت میں ایک مرتبہ بھگوان سیر کو نکلے۔ انہوں نے نیچے دھرتی کی طرف دیکھا اور حیرانی سے دیکھتے رہ گئے۔ آدمی کی قابلِ رحم حالت دیکھ کر انہیں بہت دُکھ ہوا۔ بھگوان نے سوچا بَیل جنّت میں آرام کرتے کرتے بہت سُست ہو گیا ہے۔ کیوں نہ اسے دھرتی پر آدمی کی مدد کے لئے بھیجا جائے؟

بَیل ستارے کو بھگوان کے دربار میں بُلوایا گیا۔ بھگوان نے اسے حکم دیا۔ ''سنو، تم دھرتی پر جاؤ۔ آدمی کو میرا پیغام دے دو کہ وہ خوب محنت کرے تو اسے تین دن میں ایک بار کھانا ضرور مل جائے گا۔''

بَیل ستارہ تھا سُست پرلے درجے کا۔ اُسے دھرتی پر پہلی مرتبہ بھیجا گیا تھا۔ مارے فخر کے وہ پھُولا نہ سماتا تھا۔ دھرتی کی گود میں مہکتے پھولوں، ندیوں، پہاڑوں کو دیکھ کر وہ جھوم اٹھا۔ گاؤں کے کسانوں سے بولا ''مجھے جنّت سے بھگوان نے بھیجا ہے۔ ان کا پیغام ہے کہ تم تن من سے اگر محنت کرو تو تمہیں ایک دن میں تین بار کھانا مل سکتا ہے۔''

''دن میں تین بار کھانا؟ وہ دل ہی دل میں خوش ہوئے اور پہلے سے زیادہ محنت کرنے لگے۔

جنت میں پہنچ کر بیل ستارہ خوشی خوشی بھگوان کے دربار میں پہنچا۔
بھگوان نے پوچھا"کہو'دھرتی پر کسانوں کو ہمارا پیغام پہنچا آئے؟"
بیل ستارہ نے عاجزی سے جواب دیا"جی سرکار۔ زیادہ محنت کرنے پر کسانوں کو ایک دن میں تین بار کھانا ملے گا۔ یہ جان کر کسان بہت خوش ہوئے۔"

"ایک دن میں تین بار کھانا؟" بھگوان نے حیرت سے پوچھا۔"مگر میں نے تو کہا تھا تین دن میں ایک بار کھانا ملے گا......"

بیل ستارہ اپنی غلطی پر شرمندہ ہوا۔ لیکن اب کیا ہو سکتا تھا؟ وہ سوچ میں ڈوب گیا۔ بھگوان بھی فکر مند ہوئے......"

تھوڑی دیر بعد بھگوان نے بیل ستارے کو حکم دیا"یہ تم نے کیا کیا؟ کسان بیچارہ اتنا کمزور ہے کہ وہ اِس سے اتنی زیادہ محنت کیسے کرپائے گا؟ اُسے پہلے ہی اتنا کام کرنا پڑتا ہے۔ اب تمہیں اُس کی مدد کرنی ہی پڑے گی۔"

بیل ستارے نے 'ہاں' میں سر ہلا دیا۔

بھگوان بولے"ٹھیک ہے۔ آج سے ہی تم دھرتی پر چلے جاؤ۔ کھیتوں میں آدمی کے ساتھ کام میں مدد کرو تاکہ اسے دن میں تین بار کھانا مل سکے۔"

بیل ستارہ سر جھکا کر بھگوان کے دربار سے دھرتی پر چلا آیا۔ اس دن کے بعد، بیل آدمی کے ساتھ کھیتوں میں جلتی گرمی، رِم جھم برسات، سخت سردی' ہر موسم میں کڑی محنت کرنے لگا۔

(تبت کی لوک کتھا)

◆❋◆❋◆

# بَیل کیوں نہیں بولتے؟

بہت پُرانے زمانے کی بات ہے۔ ان دنوں جانور پرندے آدمی کی طرح بولتے تھے۔

ایک بار ایک کسان اپنے بیلوں کو کھیت میں لے گیا۔ مئی کا مہینہ تھا۔ گرمی پورے زوروں پر تھی۔ گرمی، دھوپ، پسینے میں بیل ہل چلاتے چلاتے جلدی ہی تھک گئے۔ ایک بیل نے کسان سے عرض کیا۔ "کسان بھائی! ہمیں پانی پینے دو بڑی پیاس لگی ہے!"

"یہ چکّر پورا کرلو، پھر......" کسان نے جواب دیا۔

ایک چکّر پورا ہونے پر دوسرا بیل بولا۔ "ہمیں پانی پینے دو بھائی۔ بڑی سخت پیاس لگی ہے......" کسان پوری بات سننے سے پہلے بول اٹھا۔ "بس ایک چکّر اور......اس کے بعد جی بھر کے پانی پی لینا۔"

دوسرا چکّر بھی پورا ہو گیا۔

پہلے بیل نے عاجزی سے درخواست کی،، بھائی، اب تو پانی پینے کی اجازت دے دیجئے ہمیں! مارے پیاس کے ہماری جان نکلی جا رہی ہے۔"

کسان اکڑتے ہوئے بولا۔ "کیا پیاس پیاس لگا رکھی ہے؟ بس ایک چکّر اور لگاؤ، پھر پانی پینے جانا! سمجھے؟"

تیسرا چکّر بھی پورا ہو گیا۔ کسان نے انہیں پانی پینے کی اجازت نہیں دی۔ مارے پیاس کے بیلوں کی بُری حالت تھی......

پتہ نہیں اور کتنے چکّر لگوائے...... بیل خاموش رہے۔ انہیں بے حد

غصّہ آیا۔ مارے غصّے اور پیاس کے وہ آگ بگولہ ہو رہے تھے۔

جب سارا کام ختم ہو گیا تو کسان نے انہیں پانی پینے کی چھٹی دے دی۔ لیکن بیلوں میں اتنی ہمت نہیں تھی کہ دو قدم چل کر پانی پی سکیں۔ مجبور اً دونوں بیل بولے۔ "کسان بھائی! یہ ٹھیک ہے کہ آپ ہمارے مالک ہیں لیکن آپ نے وعدہ خلافی کی ہے۔ ہمیں پیاسا رکھا۔ یہ ٹھیک نہیں کیا آپ نے!"

کہتے ہیں کہ اس دن کے بعد بیلوں نے بولنا بند کر دیا۔

(ہریانہ کی لوک کتھا) *

# سورج اور چاند

بہت پرانی بات ہے۔ ان دنوں سورج اور پانی زمین پر رہتے تھے۔ وہ ایک دوسرے کے دوست تھے۔ ایک دوسرے کو بہت چاہتے تھے۔

اکثر سورج پانی کے یہاں ملنے جایا کرتا تھا۔ دونوں میں گھنٹوں گپ شپ چلتی۔ پانی سورج کے گھر کبھی نہیں گیا تھا۔ ایک دن سورج نے اپنے دوست سے کہا۔ ”بھئی، ایسی بھی کیا ناراضگی ہے جو تم ہمارے گھر نہیں آتے۔ تمہاری بھابی اور مجھے بے خوشی ہو گی اگر آپ اپنے احباب اور رشتے داروں کے ہمراہ ہمارے غریب خانے پر تشریف لائیں گے!“

یہ سن کر پانی کھلکھلا کر ہنس پڑا اور بولا۔ ”افسوس ہے میں آپ کے درِ دولت پر حاضر نہیں ہو سکا۔ سچ تو یہ ہے کہ آپ کا گھر اتنا چھوٹا ہے کہ ہمیں بیٹھنے کے لئے آپ کے پاس اتنی جگہ نہیں ہے۔ آپ کو گھر سے باہر جانا ہو گا!“ ”ہم جلد ہی بہت بڑا مکان بنوانے والے ہیں، آپ بالکل فکر نہ کریں۔ تب تو آؤ گے نا؟“ سورنے نے جواب دیا۔ ”کیوں نہیں، کیوں نہیں!“ پانی بولا۔ ”یقین کیجئے کہ میں اور میرے احباب اور رشتہ دار اتنی جگہ گھیرتے ہیں کہ آپ کے مکان کا نقصان......“

سورج کو بہت دُکھ ہوا کہ اس کا دوست 'پانی' اس کے گھر اتنی چھوٹی سی وجہ سے نہیں گیا تھا۔

سورج نے بہت لمبا چوڑا مکان بنوایا۔ اس نے اپنے دوست کو پھر گھر آنے کی دعوت دی۔ ”دوست! آؤ، دیکھو، ہم نے کتنا لمبا چوڑا مکان بنوایا ہے......“

پانی کو سورج کی بات پر یقین نہیں آیا لیکن سورج اپنی پر بات پر بضد رہا۔ آخر پانی نے مجبور ہو کر اپنے دوست کی بات مان لی۔

جیسے ہی پانی چلا تو اس کے بہاؤ میں بے شمار مچھلیاں، سانپ اور جانور بھی چلے۔ دیکھتے دیکھتے سورج کے کئی مکانوں میں گھٹنے گھٹنے پانی بہنے لگا۔

پانی نے پوچھا۔ ''دوست! کیا تم اب بھی چاہتے ہو کہ دوسرے دوست اور رشتہ دار آ جائیں......''

''کیوں نہیں؟ سب کو آنے دو!'' سورج بولا۔ سورج کے مکانوں میں پانی دھیرے دھیرے بھر تا گیا یہاں تک کہ سورج اور چاند کو چھتوں پر چڑھنا پڑا۔

پانی نے پھر پوچھا۔ ''کیا تم اب بھی چاہتے ہو کہ میرے سارے دوست اور رشتہ دار......؟''

''ہاں، ہاں بلوا لیجئے سب رشتہ داروں کو......'' سورج بولا۔ جلد ہی پانی چھت کے اوپر چڑھ گیا۔ سورج کے سارے مکان پانی میں ڈوب گئے۔ مجبور ہو کر سورج اور چاند کو آسمان کی پناہ لینی پڑی۔

صدیاں گزر گئیں۔ چاند سورج اب بھی آسمان میں رہتے ہیں!

# تین کچھوے

بات بہت پرانی ہے۔ ایک بار تین کچھوے پانی میں رہتے رہتے اُوب گئے۔ سوچنے لگے، پہاڑوں پر دیوتا رہتے ہیں۔ وہاں ہر وقت امن سکون رہتا، ملتا ہے۔ سمندر جیسے طوفان نہیں آتے۔ یہ سوچ کر تینوں کچھوے پہاڑ کی طرف چل پڑے۔ انہوں نے اپنے ساتھ کھانے کا سامان باندھ لیا تھا۔ سفر لمبا تھا۔ ویسے بھی سمندر سے پہاڑ کا فاصلہ سینکڑوں میل کا تھا۔ کچھوؤں کے لئے یہ فاصلہ اور بھی لمبا تھا۔ بس تینوں چلتے رہتے، چلتے رہے......

بہت دِنوں کے بعد اُنہیں پہاڑ دکھائی دینے لگے۔ پہاڑوں کی چوٹیاں برف سے ڈھکی تھیں۔ کہتے ہیں، کچھوؤں کو وہاں پہنچنے میں بیسیوں سال لگ گئے تھے۔ اتنے دنوں بعد انہیں اپنی منزل دکھائی دی: وہ مارے خوشی کے ناچ اُٹھے۔ انہوں پہاڑ کی تلہٹی میں ایک بہت خوبصورت جگہ پسند کی۔ سوچا کچھ دن یہاں آرام کریں گے۔ تیز ہوا چل رہی تھی۔ سردی کا موسم تھا، لیکن کچھوؤں کو کیا؟ اُن پر اُن کی سخت کھال کی وجہ سے اثر نہ کے برابر تھا۔ برفیلی ہوا چلتی، تو وہ اپنا منہ فولادی خول میں چھپا لیتے تھے۔

کچھوؤں کو پہاڑ کی تلہٹی بہت سُندر لگی۔ انہیں اس بات پر بہت حیرانی ہوئی کہ جیو جنتو اتنی پُر سکون جگہ چھوڑ کر سمندر میں کیوں مارے مارے پھرتے ہیں۔ انہیں بہت زور کی بھوک لگی۔ کھانا نکالا۔ بڑے بڑے پتے اکٹھے کئے، لیکن جب کھانا کھانے بیٹھے، تو یاد آیا کہ وہاں پانی نہیں تھا۔ چاروں طرف ہی برف تھی۔ کھانے کے بعد پانی کہاں سے پیتے؟ تینوں کچھوے سوچ میں ڈوب گئے۔ اُن کی سمجھ

میں کچھ نہیں آ رہا تھا، ایسی حالت میں کیا کیا جائے؟ تینوں ایک دوسرے کا منہہ تاکنے لگے۔ آخر ایک کچھوا بولا۔ "منجھلے کچھوے، تم جاؤ اور سمندر سے پانی لے آو۔ تب آرام سے بیٹھ کر کھانا کھائیں گے۔"

منجھلا کچھوا بولا۔ "میری سمجھ میں چھوٹے کچھوے کو جانا چاہیے۔ وہ ہم دونوں کی نسبت زیادہ چُست چالاک ہے۔ میں بہت تھک گیا ہوں۔"

چھوٹا کچھوا بھی کچھ کم نہ تھا۔ اُس نے بہت آنا کانی کی۔ لیکن بڑے کچھوؤں کی بات کہاں تک ٹالتا۔ اُسے مجبور ہو کر بات ماننی پڑی۔ جانے سے پہلے وہ بولا۔ "جانے کو تو میں چلا جاؤں، لیکن مجھے یقین ہے کہ میرے جانے کے بعد تم میرا انتظار کئے بغیر کھانا چٹ کر جاؤ گے۔ جب میں لوٹوں گا تو مجھے بھوکا ہی رہنا پڑے گا۔ ملا بھی تو جھوٹا کھانا ہو گا۔"

دونوں بڑے کچھوؤں نے کہا۔ "یہ کیسے ہو سکتا ہے؟ تمہارے واپس لوٹنے تک ہم تمہارا انتظار کریں گے۔"

چھوٹا کچھوا سنجیدہ ہو کر بولا۔ "لیکن مجھے یقین ہے تم میرا انتظار بالکل نہیں کرو گے۔"

دونوں کچھوؤں نے ہاتھ جوڑے، خوشامد کی اور وعدہ کیا کہ وہ اس کا انتظار کرینگے، بھلے ہی بھوک سے مر جائیں۔ مجبور ہو کر چھوٹا کچھوا چلا گیا۔ اب دونوں بڑے کچھوے اس کے لوٹنے کا انتظا کرنے لگے۔ انہیں انتظار کرتے کرتے مہینے گزر گیئے۔ سال بیت گئے۔ دس سال بیت گئے۔ پھر بیس اور تیس سال بیت گئے۔ چھوٹے کچھوے کا کچھ پتہ نہ تھا۔ اسے نہ آنا تھا، نہ آیا۔

انہیں یقین ہو گیا کہ ضرور کوئی حادثہ ہو گیا ہو گا۔ ورنہ وہ تیس سال میں

یقیناً لوٹ آتا۔ آخر مجبور ہو کر دونوں کچھوؤں نے کھانا کھانے کے لئے ہاتھ بڑھایا ہی تھا کہ چھوٹا کچھوا چٹان سے کودا۔ بولا۔" میں جانتا تھا تم میرا انتظار نہیں کرو گے۔ میں نے پہلے ہی کہا تھا۔ اس لئے میں گیا ہی نہیں۔ سامنے کی چٹان پر بیٹھا رہا تھا۔"

دونوں کچھوے بھونچکے رہ گئے، لیکن کہتے بھی کیا!

****

**

*

# دھان کا سونا

کسی چھوٹے سے گاؤں میں دو آدمی رہتے تھے۔ وہ پڑوسی تھے۔ پہلا تھا دولت مند۔ اس کا نام تھا جے رنگ۔ گھمنڈی اور بدنیت! دوسرا تھا چامبا۔ غریبی کے باوجود سخی اور نیک!

چامبا کے گھر کی چھت پر چڑیوں نے گھونسلہ بنایا۔ انڈے دیئے۔ اُن میں سے بچے نکلے۔ ایک دن چڑا اور چڑیا بچوں کے لئے چگا لانے باہر گئے تو گھونسلے میں سے ایک بچہ نیچے گر پڑا۔

بیچارے کی ٹانگ ٹوٹ گئی۔ چامبا نے اسے دیکھا اٹھایا اور ٹوٹی ٹانگ پر مرہم پٹی کر کے گھونسلے میں رکھ دیا۔

چڑا آیا تو ساری بات پتہ چلی۔ وہ چونچ میں دھان کا ایک دانا لے، چامبا کے پاس آیا۔ بولا۔ "دھان کا یہ دانا تمہارے اس احسان کا بدلہ ہے، جو تم نے میرے بیٹے کی ٹانگ جوڑ کر کیا۔ اسے بو دو!"

چامبا چڑے کے اس طرح بولنے پر حیران رہ گیا۔ اس نے وہ دانا اپنے گھر کے آنگن میں بو دیا۔ پھر دھیرے دھیرے اس بات کو بھول گیا۔ دن گزرتے گئے۔ دھان کا پودا بڑا ہوتا گیا۔

ایک صبح چامبا کی حیرت کی حد نہ رہی۔ دھان کے پودے پر بیئے کے بجائے سونے کے موتی لگے تھے۔ دھڑکتے دل سے اس نے سارے موتی توڑ کر جمع کر لیئے۔ پھر انہیں بیچ کر اتنا دھن اکٹھا کر لیا کہ اپنی باقی زندگی بڑے ٹھاٹھ سے گزار سکتا تھا۔

چاماکی مالی حالت میں ایک دم تبدیلی آجانے سے جے رنگ کو بڑی حیرت ہوئی۔ وہ چاما کے گھر گیا۔ میٹھی میٹھی باتیں کر کے پوچھنے لگا۔ ''بھائی چاما، آخراتنی دولت تمہیں کہاں سے ہاتھ لگی؟ کچھ ہمیں بھی تو بتاؤ!''

چامانے اسے چڑیا کی ٹوٹی ٹانگ اور دھان کے دانے کی پوری کہانی سنا ڈالی۔ جے رنگ کے گھر کی چھت پر بھی چڑیوں نے گھونسلہ بنار کھا تھا۔ جے رنگ آیا۔ آؤدیکھا نہ تاؤ، سیڑھی لی، گھونسلے سے ایک بچہ نکالا اور اسے زمین پر اس طرح پٹکا کہ بیچارے کی ٹوٹی ٹانگ ٹوٹ گئی۔ پھر جے رنگ نے بچے کی ٹوٹی ٹانگ پر مرہم لگاکر پٹی باندھی۔ گھونسلے میں رکھ دیا۔

کچھ دن بعد جے رنگ کے پاس ایک چڑا آیا۔ اس کی ہمدردی کے بدلے، اس کو بھی دھان کا ایک دانا پیش کر گیا۔ اسے بو دینے کو کہا۔ جے رنگ نے خوشی خوشی اس دانے کو اپنے گھر کے آنگن میں بو دیا۔

مہینے ڈیڑھ مہینے بعد چاول کا دانا پودا بن گیا۔ جے رنگ اسے دیکھتا کہ سونے کے موتی لگے کہ نہیں۔ ایک صبح وہ دیکھ کر حیران رہ گیا کہ چاول کے پودے کی بجائے، وہاں ایک آدمی کھڑا تھا۔ اس کی بغل میں کچھ کاغذات تھے۔ جے رنگ کو دیکھ، وہ اجنبی بولا۔ ''تم پچھلے جنم میں میرے قرض دار تھے۔ تم نے جتنے روپے میرے سے ادھار لیئے تھے۔ اس کی ساری رسیدیں میرے پاس موجود ہیں۔ اب مجھے میرا قرض لوٹا دو، ورنہ......''

بیچارہ جے رنگ اپنا منہ لے کر رہ گیا۔ اسے اپنی ساری جائداد سے ہاتھ دھونا پڑا۔ وہ خود حویلی میں ایک نوکر کی طرح رہنے پر مجبور ہو گیا!

# اپنے پاؤں: اپنا بھروسہ

کسی گاؤں میں ایک لکڑہارا رہتا تھا۔ اس نے ایک گدھا پال رکھا تھا۔ روز گدھے پر لکڑیاں لادھ کر شہر میں بیچ آتا۔

شہر جاتے ہوئے راستے میں وزیر صاحب کا محل پڑتا تھا۔ جب گدھا وہاں سے گزرتا تو سوچتا۔ "کاش! میں بھی اس وزیر کا گدھا ہوتا! کم سے کم مجھے ان لکڑیوں کے بوجھ سے تو چھٹی ملتی؟"

ایک دن کا ذکر ہے، لکڑہارا گدھے پر لکڑیاں لاد کر شہر لے جا رہا تھا۔ گرمی کا موسم تھا۔ ایک تو لکڑیوں کا بوجھ جان لیوا تھا دوسرے گدھا اپنی قسمت کو کوس رہا تھا۔ "کتنا بے کار ہے میرا جیون! سوائے بوجھ ڈھونے کے اور کچھ نہیں کر سکتا!" آگے چل کر اس کی نگاہ گائے پر پڑی وہ ہری گھاس چر رہی تھی۔ گدھے کے نتھنوں میں گھاس کی بھینی بھینی خوشبو بھر گئی۔ ٹھنڈی سانس بھر کر سوچنے لگا۔ "اگر میں گائے ہوتا تو اس وقت مزے سے ہری ہری گھاس چر رہا ہوتا!"

تھوڑا آگے چل کر اس کی نظر ایک بندر پر پڑی وہ ٹھنڈی سانس بھر کر سوچنے لگا۔ "کاش! میں بھی بندر ہوتا......" سارا راستہ وہ اسی طرح کی باتیں سوچتا رہا۔ شہر پہنچ کر گدھا لکڑیوں کے بوجھ سے آزاد ہو گیا۔ لکڑہارے نے اسے ایک

درخت کے نیچے چھوڑ دیا۔ وہاں اور بھی بہت سے گدھے کھڑے تھے۔ لکڑہارا خود گاہکوں کے ساتھ مصروف ہو گیا۔

پیڑ کے نیچے دوسے گدھوں کے ساتھ وہ گدھا اِدھر اُدھر کی باتیں کرتا

رہا۔ پھر پانی پینے کے لئے ڈِگی کی طرف لپکا۔ تھوڑا آگے بڑھا تو کسی نے اسے مدد کے لئے پکارا۔ بہت حیرانگی سے گدھے نے اِدھر اُدھر دیکھا۔ لیکن اسے کچھ بھی تو دکھائی نہیں دیا۔ جب دوبارہ وہی آواز آئی تو اس نے دھیان سے دیکھا۔ قریب ہی گڑھے میں پڑا ایک زخمی طوطا مدد کے لئے پکار رہا تھا۔ گدھے نے سوچا کہ طوطے کی مدد کرنا چاہیے۔ دوسرے لمحہ سوچنے لگا۔ ''پتہ نہیں وہ کون ہے۔ مجھے کیا غرض پڑی ہے کہ مصیبت مول لوں؟'' وہ آگے بڑھنے لگا، بڑے عاجزانہ آواز میں طوطا بولا۔ ''بھائی! بھگوان کے لئے میری مدد کرو، ورنہ مجھ نوچ کر کوئی کھا جائے گا؟'' گدھے کا دل پگھل گیا۔ قریب جا کر پوچھا۔ ''تمہاری یہ حالت کیسے ہوئی؟''

''کیا بتاؤں؟'' طوطا بے حد ادب سے بولا۔ ''دراصل میں وزیر صاحب کا طوطا ہوں۔ میرے پاس کئی طوطے دوست آیا کرتے تھے۔ بار بار اُن کے اُکسانے پر ایک دن پنجرے سے اُڑ نکلا۔ بس پھر کیا تھا۔ وہ سب، مجھ پر ٹوٹ پڑے۔ چونچیں مار مار کر انہوں نے مجھے ادھ مرا کر دیا مجھے مرا ہوا سمجھ کر سب اُڑ گئے۔'' طوطا پھر گڑگڑایا۔ '' بھائی! مجھے میرے مالک کے پاس پہنچا دو۔ تمہارا یہ احسان زندگی بھر نہیں بھولوں گا!'' وزیر صاحب کے محل کی بات سُن کر گدھا من ہی من میں خوش ہوا۔ وہ تو بہت پہلے ہی وزیر صاحب کے محل میں جانا چاہتا تھا۔ چنانچہ وہ فوراً وہاں جانے کے لئے رضامند ہو گیا۔ اس نے زخمی طوطے کو اپنے کان میں بٹھا لیا اور محل کے دروازے پر پہنچ گیا اور ''چیں پوں چیں پوں'' کرنے لگا۔ وہ اپنی زبان میں سنتری سے کہہ رہا تھا کہ اسے بھیتر جانے دیا جائے۔ مگر سنتری نے گدھے کو ڈنڈے مارنے شروع کر دیئے۔

گدھا اکڑا۔ "ابے او سنتری کیوں تیری شامت آئی ہے!" پھر تیور بدل کر بولا۔ "مجھے اندر جانے دو!" گدھے نے ایک مرتبہ پھر بھیتر گھسنے کی کوشش کی۔ اس مرتبہ بھی چست سنتری نے گدھے پر ڈنڈے برسائے۔ وہ بھاگنے پر مجبور ہو گیا۔ بیچارہ گدھا بہت پریشان ہوا۔

طوطا آسانی سے شکست نہیں ماننے والا تھا۔ اس نے ایک ترکیب سوچی۔ گدھے کو اپنی ترکیب سمجھا دی۔ گدھا پھر دروازے کی طرف لپکا۔ سنتری نے پھر گدھے کو اپنی جانب آتے دیکھا تو تن کر کھڑا ہو گیا۔ ڈنڈے پر اس کے ہاتھ کی پکڑ کڑی ہو گئی۔ گدھا اس کے پاس پہنچ گیا۔ سنتری غصہ ہو کر بولا۔ "اے تو پھر آ گیا؟"

گدھے نے منہہ کھولا مگر آواز ذرا بھی نہ نکلی۔ اس کے کان میں بیٹھا طوطا آدمی کی زبان میں بول اٹھا۔ "یہ تو تو کیا لگا رکھی ہے۔ ذرا ڈھنگ سے بات کرو!" سنتری بہت حیران ہوا۔ طوطا پھر بولا۔ "جا کر وزیر صاحب کو اطلاع دو کہ میں انہیں ملنے آیا ہوں!"

گدھے کو آدمی کی بولی میں بولتے سُن کر سنتری بھونچکا سارہ گیا۔ وزیر سونے کے سنگھاسن پر بیٹھے ہوئے تھے۔ گدھے نے سر جھکایا۔ اس کے کان میں بیٹھا طوطا اورلا۔ "مہاراج کی جے ہو! آپ کی عزت دن دوگنی رات چوگنی بڑھے!" وزیر صاحب بہت خوش ہوئے۔ اس نے ایسی باتیں کرنے والا گدھا پہلے کبھی نہ دیکھا تھا۔

وزیر صاحب کا حکم ملا کہ گدھے کو بڑھیا کپڑے اور سونے چاندی کے قیمتی زیورات پہنائے جائیں۔ گدھے کا دل بلیّوں اچھل رہا تھا۔ گدھے کو سجا کر

وزیر صاحب اپنی بیوی کے پاس لے گئے۔ گدھے کو آدمی کی سی باتیں سُن کر وہ بے حد خوش ہوئی۔ اس طرح گدھے کو محل میں تین چار دن بیت گئے تو طوطا اس سے بولا۔ "بھائی! تم نے وزیر اور محل دونوں دیکھ لئے! اب مجھے وزیر صاحب کے پاس جانے دو!" مگر گدھے کا دماغ خراب ہو چکا تھا۔ وہ محل کی چمک دمک میں کھو چکا تھا۔ وہ بڑی عاجزی سے بولا۔ "بھیا! بس دو چار دن اور کان میں رہو!" طوطا مان گیا۔

ادھر گدھے کی دیکھ بھال کے لئے دو چار نوکر مقرر کر دیئے۔ وہ خود بھی اس میں دلچسپی لینے لگے۔ گدھے کے چاروں کھر گھی میں تھے۔ ایک دن وزیر صاحب نے کچھ لوگوں کو مدعو کیا۔ سونے چاندی سے لدے پھندے گدھے کو مہمانوں کے سامنے لایا گیا۔ گدھے نے منہ کھولا، کان میں بیٹھے طوطے نے آدمی کی زبان میں کچھ گیت سنائے۔ یہ سُن کر مہمان بہت خوش ہوئے۔ ٹھیک اسی وقت وہیں سے ایک شہد کی مکھی گدھے کی گردن پر آ بیٹھی اور لگی زور زور سے کاٹنے۔ گدھے نے شہد کی مکھی کو اٹھانے کے لئے اپنے سر کو بار بار زور سے جھٹکایا۔ اس ردِ عمل میں گدھے کے کان میں بیٹھا طوطا باہر آگرا۔

وزیر صاحب کے سامنے سارا راز افشا ہو گیا۔ تب گدھے کی ڈنڈے سے خوب خاطر ہوئی!

# آزادی کی کرنیں

بات شہنشاہ اکبر کے وقت کی ہے۔ راجستھان کے بہت سے راجپوت راجاؤں نے شہنشاہ اکبر کے سامنے ہتھیار ڈال دیئے تھے لیکن ایک بہادر راجپوت حکمران نے اُن کے سامنے اپنا سر نہیں جھکایا تھا۔ ان کا نام تھا مہارانا پرتاپ سنگھ ، مہارانا پرتاپ کی فوج کے ایک ٹکڑی کا افسر تھا رگھوپت سنگھ۔

اکبر کے فوجی دستوں نے کئی مرتبہ رگھوپت سنگھ کو گرفتار کرنے کی کوشش کی، لیکن وہ ہر مرتبہ چکمہ دے کر نکل جاتا تھا۔

مغل فوج کا سپہ سالار رگھوپت سنگھ کو ہر قیمت پر گرفتار کرنا چاہتا تھا۔ ایک دن مغلیہ سلطنت کے سپہ سالار کو خبر ملی کہ رگھوپت سنگھ کا بیٹا سخت بیمار ہے اور وہ خود کہیں جنگل میں چھپا ہوا ہے۔

سپہ سالا نے یہ خبر شہنشاہ اکبر تک پہنچائی اور گزارش کی۔ ''جہاں پناہ! رگھوپت سنگھ کا بچّہ بہت سخت بیمار ہے۔ وہ اُسے دیکھنے گھر ضرور جائے گا۔ ہمارے لئے یہ سنہری موقعہ ہے کہ اسے گرفتار کر لیا جائے۔ اجازت ہو تو چند جانباز فوجیوں کو لے کر یہ کام پورا کرلوں!''

شہنشاہ اکبر نے 'ہاں' میں سر ہلا دیا۔ رگھوپت سنگھ کے گھر کے قریب مغل فوج کا ایک دستہ طیعنات کر دیا گیا۔

اس دوران رگھوپت سنگھ کے بیٹے کی حالت بے حد خراب ہو گئی۔ شاید وہ زندگی کی آخری گھڑیاں گن رہا تھا۔ اداس، دکھی، پریشان ماں نے اپنے خاوند کو سندیسہ بھجوایا کہ بچّے کو دیکھنا ہے تو......

دُور گھنی پہاڑیوں میں چھپے رگھوپت سنگھ کو جب اپنی بیوی کا پیغام ملا تو وہ فوراً بولا۔ "مجھے ضرور جانا چاہیے۔ میں جا رہا ہوں!"

"آپ کا جانا خطرے سے خالی نہیں، سرکار۔ مغل فوج کے سپاہی آپ کو فوراً گرفتار کر لیں گے۔ کرپا کر کے میری عرض مانیں تو بچے کو دیکھنے جانا ملتوی......" ایک راجپوت سپاہی نے عاجزی سے صلاح دی۔

لیکن رگھوپت سنگھ اپنے ارادے پر اٹل تھا۔ بولا۔ "میرا بیٹا زندگی کی آخری گھڑیاں گن رہا ہے۔ میری بیوی نے مجھے بلوایا ہے۔ مجھے جانا ہی چاہیے!"

رگھوپت سنگھ نے اپنا ضروری سامان باندھا۔ اپنے گھوڑے کو تیار کیا۔ اس کے ساتھیوں نے بار بار اسے سمجھانے کی کوشش کی، منّت کی کہ وہ کسی طرح رک جائے لیکن راجپوت سردار اپنی ضد پر ڈٹا رہا۔ دیکھتے دیکھتے اس نے گھوڑے پر اپنا سامان باندھا، سوار ہوا اور چل دیا۔ رگھوپت سنگھ دوپہر کے وقت اپنے گھر پہنچا۔ اس کا گھر سامنے تھا۔ بڑی بہادری سے وہ اپنے گھر کی طرف لپکا۔ اُدھر مغل سپاہیوں کا دستہ اس کے انتظار میں تھا۔ آگے بڑھتے دیکھ کر، سپاہیوں کے سردار نے اسے للکارا۔ "کون ہو تم؟ یہاں کس لئے آئے ہو؟" اس سردار کا نام آکاش تھا۔

رگھوپت سنگھ کی آنکھوں میں چمک آگئی اور اس نے جواب دیا۔ "میرا نام رگھوپت سنگھ ہے!"

مغل سردار آکاش رگھوپت سنگھ کی طرف دیکھتا رہ گیا۔ رگھوپت سنگھ بولا۔ "میں اپنے بیمار بیٹے کو دیکھنے آیا ہوں۔ میں اسے ضرور دیکھوں گا اگر آپ اجازت دیں۔ اُس کے بعد میں اپنے آپ کو آپ کے حوالے کر دوں گا! میں آپ کو یقین دلاتا ہوں کہ میں آپ کو دھوکا نہیں دوں گا!"

اتفاق کی بات ہے کہ مغل سردار آکاش کا بھی ایک چھوٹا سا بیٹا تھا۔ جب وہ گھر سے نکلا تھا تو اس کی طبیعت اچھی نہ تھی۔ پسینے میں بھیگا جسم اور اُداس چہرے پہ جھلکتی پریشانی کا اندازہ لگاتے ہوئے سردار نے جواب دیا۔ ''آپ اپنے بیٹے کو دیکھنے جا سکتے ہیں، لیکن خیال رہے کہ آپ اپنا راجپوتی وعدہ نہیں بھولیں گے!''

رگھوپت سنگھ نے 'ہاں' میں سر ہلا دیا۔ پھر گھر کے اندر گھس گیا۔

رگھوپت سنگھ کے سامنے اس کی بیوی تھی۔ اپنے خاوند کو دیکھتے ہی اس کی آنکھوں سے آنسو چھلک پڑے۔ قریب ہی چارپائی پر لیٹا بچہ کراہ رہا تھا۔ اس نے اپنی بیوی کے کندھے پر ہاتھ رکھا، اسے دھیرج بندھایا۔ کچھ دوائیں جو وہ بچے کے لئے لے گیا تھا، وہ بیوی کو دے دیں۔ اس کی بیوی کی حالت بہت عجیب تھی۔ ایک طرف بچے کی بیماری کا غم، دوسری خاوِند سے کتنی باتیں کیں۔ باتیں تھیں کہ ختم ہونے میں نہ آتی تھیں۔ شاید وہ اپنے خاوِند کی ساری پریشانیاں اپنی ہمدردی اور محبت کے گنگا جل میں دھو دینا چاہتی تھی۔

لگ بھگ ایک گھنٹہ بعد دروازے پر دستک ہوئی۔ رگھوپت سنگھ نے اپنی بیوی سے اجازت لی۔ بیمار بچے کے سر پر ہاتھ پھیرا۔ اپنی تلوار سنبھالی اور باہر جانے کے لئے دروازے کی طرف بڑھا۔ اس نے دروازہ کھولا۔ سردار آکاش مسکرایا۔ اس کے قریب گیا اور بولا ''سنو'' میں بھی ایک بیٹے کا باپ ہوں۔ آپ فوراً یہاں سے چلے جائیے!''

رگھوپت سنگھ کی حیرت کا ٹھکانہ نہ رہا۔ وہ بولا۔ ''میں اس احسان کا بدلہ ضرور کبھی چکاؤں گا'' اتنا کہہ کر اس نے اپنے گھوڑے پر ایڑ لگائی۔ گھوڑا ہوا سے باتیں کرنے لگا۔

کچھ دن بعد رگھوپت سنگھ کو خبر ملی کی سردار آکاش کو قید کر لیا گیا ہے۔ خبر دینے والے نے یہ بھی بتایا کہ اسے اس لئے گرفتار کیا گیا ہے کہ اس نے جان بوجھ کر رگھوپت سنگھ کو گرفتار نہیں کیا تھا۔

رگھوپت سنگھ کے جسم میں بجلی سی دوڑ گئی۔ وہ اپنا ضروری سامان تیار کرنے لگا۔

کیسے سردار ہیں آپ ؟ایک بار تو جان بچ گئی، مگر اب جان کی خیر نہیں!" رگھوپت سنگھ کے ساتھیوں نے اسے سمجھانے کی کوشش کی۔ لیکن وہ بہادر سپاہی تھا۔اس کے دل میں ڈر نام کی کوئی شے نہ تھی۔اس نے کسی کی بات پر دھیان نہ دیا۔اپنے گھوڑے پر سوار ہو کر مغل شہنشاہ کے خیمے کی طرف روانہ ہو گیا۔

"کون ہو تم؟" قلعے کے دروازے پر کھڑے سپاہی نے پوچھا۔

"رگھوپت سنگھ!" جواب میں ایک آواز گونجی۔ قریب کھڑے سپاہی اس کا جواب سُن کر دنگ رہ گئے۔ رگھوپت سنگھ کو سپہ سالار کے سامنے لے جایا گیا تو وہ بولا۔"میں اپنے آپ کو آپ کے حوالے کرتا ہوں، اس شرط پر کہ مہربانی کر کے اس سردار آکاش کو رہا کر دیا جائے، جسے مجھے گرفتار کرنے کے لئے بھیجا گیا تھا۔"

"کوئی شرط ورط نہیں۔ تم دونوں میری حراست میں ہو اور تم دونوں کو موت کے گھاٹ......" سپہ سالار نے اپنا فیصلہ سنایا۔

اگلے روز سردار آکاش اور اسے پھانسی دینے کے لئے لے جایا گیا۔

تبھی ایک قاصد نے پیغام دیا۔" ٹھہرو، ٹھہرو۔ شہنشاہ اکبر اعظم تشریف لا رہے ہیں۔"

تھوڑی دیر میں شہنشاہ اکبر اپنے وزرأ کے ہمراہ تشریف لائے۔ شہنشاہ نے حکم دیا کہ رگھوپت سنگھ اور سردار آکاش کو چھوڑ دیا جائے۔ پھر

سنجیدگی سے بولے۔ ''آکاش! ہم تمہارے جذبات کی قدر کرتے ہیں اور عزت و احترام کرتے ہیں۔

رگھوپت سنگھ، تمہیں بھی آزاد کیا جاتا ہے۔ تم سچ مچ بہادر سپاہی ہو!'' شہنشاہ اکبر تھوڑا رک کر پھر بولے۔ ''آکاش'' ہمیں ناز ہے کہ تمہارے جیسے رحم دل انسان ہماری فوج میں ہیں۔''

رگھوپت سنگھ شہنشاہ اکبر کے سامنے جھکتے ہوئے بولا۔ ''میں قسم کھاتا ہوں جہاں پناہ کہ اب یہ تلوار آپ کے خلاف نہیں اٹھے گی!''

❋ ✕ ❋

❋

# آزادی کا سکھ

بہت پرانی بات ہے۔ الجیریا کی کسی ملک سے لڑائی ہوئی۔ دشمن طاقتور تھا۔ وہ الجیریا کے شہروں پر لگاتار قبضہ کرتا چلا گیا۔ آخرکار الجیریا کے دارالخلافہ کو چھوڑ کر تمام شہر دشمن نے ہتھیا لیئے۔

مجبوراً دارالخلافہ کے باشندے قلعے میں چلے گئے۔ دشمن نے قلعہ چاروں طرف سے گھیر لیا۔ قلعے میں راشن تھوڑا تھا۔ چند روز تک لوگ کسی طرح پیٹ بھرتے رہے آخر بھوکوں مرنے کی نوبت آگئی۔

لوگوں کی تکلیف سردار سے نہ دیکھی گئی۔ چنانچہ اس نے سب لوگوں کو بلوایا اور کہا۔ "ہم لوگ بھوکوں مر سکتے ہیں لیکن اپنے بچّوں کو بلکتے نہیں دیکھ سکتے۔ بہتر یہی ہے کہ ہم شہر کو دشمن کے حوالے کر دیں!"

یہ سُن کر دُشمن ہم پر ظلم کرے گا۔

سردار نے کہا۔ "تو کیا ہم اپنے بچوں کو بھوک سے بلکتے دیکھ سکتے ہیں؟"

اتنے میں ایک چھوٹی سی بچّی سامنے ہوئی اور سردار سے بولی۔ "میں دارالخلافے کو دشمن سے بچا سکتی ہوں!"

سردار نے بچّی کو اپنے پاس بلایا اور پیار سے پوچھا۔ "تمہارا نام کیا ہے بیٹے؟"

"نیلوفر" بچی نے جواب دیا۔

سردار نے سوال کیا۔ "نیلوفر بیٹا، تم دارالخلافے کو دشمن سے کیسے بچا سکتی ہو؟"

نیلوفر بولی۔ "اپنے آدمیوں سے کہو کہ ایک بکری لائیں!" سردار نے حکم دیا کہ بکری لائی جائے۔ دوڑ دھوپ کے بعد بکری لائی گئی۔ نیلوفر نے کہا۔ "اب کچھ اناج لاؤ!"

لوگوں نے کہا۔ "یہاں اپنا پیٹ بھرنے کو اناج نہیں ہے، بکری کے لئے اناج کہاں سے لائیں؟"

نیلوفر بولی۔ "اگر آزادی چاہتے ہو تو کہیں سے بھی اناج لاؤ......"

کسی طرح اِدھر اُدھر سے لوگ چاول اور گیہوں لے آئے۔ نیلوفر نے سارا اناج بکری کے آگے ڈال دیا۔ یہ دیکھ کر لوگ شور مچانے لگے کہ اتنے اناج سے تو اُن کے بچوں کا پیٹ بھر سکتا تھا۔ نیلوفر نے پوچھا۔ "کیا تم آزادی نہیں چاہتے؟"

سب چپ ہو گئے۔ بھوکی بکری سارا اناج چٹ کر گئی۔

اب نیلوفر بولی۔ "اس بکری کو قلعے کے پھاٹک کے باہر چھوڑ دیا جائے!"

لوگ پھر شور مچانے لگے۔ نیلوفر نے کہا۔ "کیا تم آزادی نہیں چاہتے؟"

چنانچہ لوگوں نے بکری کو قلعے کے پھاٹک سے باہر نکال کر دشمن کی فوج کی طرف بھگا دیا اور پھاٹک بند کر دیا۔ نیلوفر نے کہا۔ "آؤ اب چلیں۔ کل صبح قلعے کے باہر جا کر دیکھیں گے!" لوگ کانا پھوسی کرتے ہوئے چلے گئے۔

دوسرے دن صبح سب لوگ پھر اکٹھے ہو گئے۔ وہ سردار کے ساتھ قلعے کی دیواروں پر چڑھ کر دیکھنے لگے۔ وہ مارے خوشی کے ناچنے لگے۔ دشمن گھیرا اُٹھا کر جا چکا تھا۔

سردار نے نیلوفر کو گود میں اٹھالیااور پوچھا۔ "بیٹے" بتاؤتو سہی کہ دشمن کیسے بھاگ کھڑا ہوا؟"

نیلوفر نے جواب دیا۔ "مجھ سے نہیں یہ سوال گاؤں کے لوگوں سے پوچھو جو دشمن کے قبضے میں تھے!"

سردار کے ہمراہ سب لوگ پھاٹک کھول کر گاؤں میں پہنچے۔ گاؤں والوں نے بتایا۔ جب کل تم لوگوں نے بکری کو باہر بھگایا تو دشمن کی فوجوں نے پہلے تو حیرت سے اسے دیکھا، پھر بکری کو بادشاہ کے سامنے لے جایا گیا۔

بادشاہ نے بکری کو کاٹنے کا حکم دیا۔ بکری کے پیٹ سے چاول اور گیہوں کے دانے بر آمد ہوئے۔ بادشاہ نے کہا۔ "الجیریا کے لوگوں کے پاس بہت اناج ہے۔ وہ جانوروں تک کو اناج کھلاتے ہیں۔ مویشی بھی بہت ہیں، اسی لئے انہیں باہر بھگا رہے ہیں۔ ہم اُن کی گھیرابندی کب تک کرتے رہیں گے؟ چلو قلعے کا گھیرا اٹھادو اور اپنے ملک لوٹ چلو۔ ہم الجیریا کو غلام نہیں بنا سکتے!"

(الجیر کی لوک کتھا)

◆□◆

◆

# سچّا ساتھی

اس دن بال کرن کی نیند بہت جلدی کھُل گئی۔ وہ بہت خوش تھا۔ پاس سوئی اپنی والدہ سے بولا۔ ''امیّ جان، اٹھو نا! بھول گئیں آج میرا جنم دن ہے!'' مسکراتے ہوئے اس کی امیّ جان اٹھ گئیں۔ بال کرن کا ماتھا چومتے ہوئے بولیں۔ ''جُگ جُگ جیو، میرے لال!'' بال کرن نے بستر چھوڑ دیا۔ جلدی جلدی نہادھو کر نئے کپڑے پہنے۔ یہ بال کرن کا بارہواں جنم دِن تھا۔ وہ جھومتے ہوئے بولا۔ ''امیّ جان، میں کتنا بڑا ہو گیا ہوں۔ بارہ سال کا'' ''بارہ سال کا بہادر!'' اس کی ماں پیار بھرے لہجے میں بولی۔

بال کرن صحت منداور شرارتی تھا۔ جھٹ سے اپنا بڑا سا چاقو اٹھایا اور لگا پتھر پر گھِس کر تیز کرنے۔

''بال! کم سے کم آج تو اسے چھوڑ دو۔ آج تمہارا جنم دن ہے۔ تم اسے ہر روز ہی تیز کرتے ہو۔'' اس کی ماں نے پیار سے کہا۔

''امیّ جان آپ تو جانتی ہیں کہ مجھے چاقو سے کتنا لگاؤ ہے۔ یہی تو میرا سچّا ساتھی ہے۔ اس کے سہارے تو میں آپ کی حفاظت کرتا ہوں۔ میری اچھی امیّ!'' اس کی ماں کو ہنسی آگئی۔ بولی۔ ''اچھا ٹھیک ہے۔ تمہارے جنم دن کی خوشی میں کھیر ......''

کھیر کا نام سنتے ہی بال کرن کے منہہ میں پانی بھر آیا۔ پلک جھپکتے ہی اس نے دودھ کا برتن اٹھایا اور گوالے کے گھر کی جانب چل دیا۔

شور، بھاگ دوڑ، کوئی چلاّ رہا تھا۔ '' بھاگو، بھاگو! گاؤں میں تُرک گھُس آئے ہیں۔ بھاگو......''

سچ مچ غازی تیمور اپنی فوج کے ساتھ گاؤں میں گھس آیا تھا۔ سب کو آپا دھاپی پڑی تھی۔ لوگوں کو جو اپنی قیمتی شے ہاتھ لگی، اُٹھا کر پاس کے جنگل کی طرف بھاگ کھڑے ہوئے۔ چاروں طرف افراتفری مچی تھی۔ چاروں طرف سے رونے چلانے کی آوازیں آرہی تھیں۔ سب جانتے تھے کہ تیمور کتنا بھیانک اور ظالم ہے۔ جو اس کے راستے میں آتا، اسے موت کے گھاٹ اتار دیتا تھا، ظالم تیمور! اس کے سپاہی کسی کی پرواہ نہیں کرتے تھے۔ وہ مرد، عورتوں اور بچوں کو مار کر ہی دم لیتے تھے۔ گھر اجاڑ دیتے تھے۔ جھونپڑیوں کو آگ لگا دیتے تھے۔ کتنے گاؤں جلا چکے تھے، تیمور کے سپاہی!

بال کرن کی ماں نے سوچا کہ وہ بھی دوسرے بچوں کے ساتھ جنگل کی طرف بھاگ گیا ہوگا۔ اسلئے اس نے بال کرن کا انتظار نہ کیا۔ وہ پڑوسیوں کے ہمراہ جنگل کی جانب بھاگ گئی۔

بال کرن اپنے جنم دن کی خوشی میں مست تھا۔ اس نے گوالے کو بھاگتے ضرور دیکھا۔ وہ اس کی جھونپڑی کی طرف گیا۔ برتن میں دودھ پڑا تھا۔ اس نے برتن میں دودھ انڈیلا اور اپنی جھونپڑی کی طرف لوٹنے لگا۔ وہ کوئی گیت گنگنا رہا تھا۔ یہ کیا؟ جیسے ہی وہ اپنی جھونپڑی کے سامنے پہنچا تو اسے اپنی آنکھوں پر یقین نہیں ہو رہا تھا۔ اس کی جھونپری گاؤں کے کنارے پر تھی وہاں بہت سے سپاہی گھس گئے تھے۔ ایک لمبا چوڑا لنگڑا آدمی چارپائی پر بیٹھا ٹھٹھا مار کر ہنس رہا تھا۔ اس کے چاروں طرف سپاہی کھڑے تھے۔ تیمور تھا کیا؟ بال کرن ابھی سوچ ہی رہا تھا کہ تیمور کی آواز گرجی۔ ''کون ہے وہ بد تمیز چھوکرا......؟''

بال کرن گھبرا سا گیا۔ ہمّت باندھ کر بولا۔ ''میری امّی کہاں ہے؟''

سپاہیوں سے گھرا تیمور اس کی نڈرتا سے بہت متاثر ہوا...... کتنا بہادر لڑکا ہے، اس نے سوچا۔ اسے ہتھیاروں سے لیس سپاہیوں کو دیکھ کر ذرا ڈر نہیں لگتا۔ سیدھا کمرے میں گھُسا آ رہا ہے...... کتنا نڈر...... وہ سوچ ہی رہا تھا کہ بال کرن نے پھر پوچھا۔ "کہاں ہے میری امّی...... " تیمور نے اس کے سوال کا جواب نہیں دیا۔ وہ چارپائی سے اٹھا اور بولا۔ "تمہارے ہاتھ میں کیا ہے؟"

"دودھ" بال کرن نے مختصر سا جواب دیا۔

"لا۔ ادھر لاؤ!"

"نہیں، میں دودھ نہیں دوں گا۔ آج میرا جنم دن ہے...... ہم کھیر ...... یہ دودھ اپنی امّی جان کو دوں گا......"

بال کرن کی نڈرتا سے تیمور حیران رہ گیا۔ لیکن پلک جھپکتے ہی بال کرن سے اس نے دودھ کا برتن چھین لیا۔ " میں ہر شے اپنی قوت سے چھین سکتا ہوں...... "اس نے بھدی سی آواز میں کہا۔ "اور اپنی تلوار سے تمہارے دو ٹکڑے کر دوں گا......"

"اتنی بڑی تلوار کے مالک ہو کر آپ ایسی بات کر سکتے ہیں" بال کرن غصّے میں چلایا۔ "میرے پاس یہ چھوٹا سا چاقو ہے، مجھے بھی تلوار دو۔ میں تم سے لڑائی کروں گا۔" تیمور کھل کھلا کر ہنس پڑا۔ پھر بولا "تم نرے بدھو ہو۔ مگر ہم ہمّت والے!" جیسے ہی تیمور دودھ پینے کے لئے نیچے جھکا، بال کرن نے لپک کر اس کی تلوار اٹھالی۔ پھر وہ جوش بھرے لہجے میں بولا۔ "ہمّت ہے تو آؤ...... اب ہو جائیں دو دو ہاتھ!" تیمور مسکرایا۔ "شاباش بیٹے ذرا سنبھل کر۔ تلوار تو تم سے کہیں بڑی ہے۔ بہتر ہے یہ تلوار مجھے دے دو......" بجلی کی سی تیزی سے تیمور نے جھپٹ کر

تلوار چھین لی۔ نڈر بال کرن چپ نہ رہ سکا۔ بولا۔ ''میں اپنے چاقو سے ہی تمہارے ساتھ لڑائی لڑوں گا!'' تالی بجاتے ہوئے تیمور نے کہا۔ ''شاباش! تم شیر کے بچے ہو۔ صحیح ہے کہ میں بے رحمی کے لئے بدنام ہوں لیکن میں تمہاری جان نہیں لے سکتا۔ تمہاری نڈرتا نے ہمارا دل جیت لیا ہے۔ بولو کیا چاہیے تمہیں''

بال کرن نے کہا۔ ''اچھا بتاؤ، میری امّی جان کہاں ہیں؟'' تیمور لجاتے ہوئے بولا۔ ''معاف کرو بیٹا، ہمیں معلوم نہیں ہے کہ تمہاری والدہ کہاں ہے لیکن اتنا یقین دلاتا ہوں کہ میرے سپاہیوں نے گاؤں کے کسی بھی آدمی کو قتل نہیں کیا ہے۔'' بال کرن نے ''ہاں'' میں سر ہلایا کیونکہ اسے معلوم تھا کہ ترک سچ بول رہا تھا۔ پھر بال کرن نے تن کر کہا۔ ''ٹھیک ہے۔ میں چاہتا ہوں کہ تم اپنے سپاہیوں سمیت ہمارے گاؤں سے چلے جاؤ۔ ابھی...... ''جواب میں تیمور نے اپنا سر جھکا دیا اور اس نے اپنے سپاہیوں کو فوراً کوچ کرنے کا حکم دیا۔ تیمور پھرتی سے اپنے گھوڑے پر بیٹھ گیا۔ اپنی تلوار اور سر جھکا کر بال کرن کو الوداع کہتے ہوئے بولا۔ ''سچ مچ تم بہادر ہو!'' اور اس کا گھوڑا ہوا سے باتیں کرنے لگا......

دیکھتے دیکھتے گاؤں کے سارے لوگوں نے بال کرن کو گھیر لیا۔

''ارے بال! تم نے کیسے کیا یہ کرشمہ؟''

بال کرن نے خوش ہو کر ساری کہانی سنا دی۔

گاؤں والے دانتوں تلے انگلی دبا کر رہ گئے۔ ''ہتا بھر چھو کرا اور غازی تیمور!'' بال کرن جھومتے ہوئے بولا۔ ''کتنا بڑھیا رہا میرا جنم دِن۔ بھگوان کرے میرا ہر جنم دِن اتنا ہی خوبصورت ہو!''۔

◆✲◆✲◆

# ایک گمنام لڑکی

اُن دِنوں اودھ آگ کی لپٹوں سے گزر رہا تھا۔ اُتر پردیش کے ضلع فیض آباد میں گاؤں کی ایک بھولی بھالی اور صحت مند لڑکی تھی۔ یوں کہو کہ گدڑی میں لال تھی۔ تنگی کے دِن تھے۔ اس کے والدین کو دو وقت کا کھانہ مشکل سے نصیب ہو تا تھا۔

ایک دن کا واقعہ ہے کہ اماّن اور امامن اس طرف سے گزر رہے تھے۔ ان کی نگاہ اس لڑکی پر پڑی تو آنکھیں کھُلی کی کھُلی رہ گئیں۔ لڑکی دھوُل میں لپٹا ہیرا تھی۔ وہ سرکاری آدمی تھے۔ انہیں نواب واجد علی شاہ کے حرم کے لئے ایک لڑکی کی تلاش تھی۔ اس لڑکی کو دیکھ کر وہ مارے خوشی کے پھوُلے نہیں سمائے۔ شاید اتنی خوبصورت لڑکی انہوں نے پہلے کبھی نہیں دیکھی تھی۔ پتہ کیا۔ لڑکی کے والدین سے ملے۔ بات چیت کی۔ لڑکی کے والدین کو ڈھیر سا دھن دے کر اسے خرید کر لے گئے۔ غریبی آدمی سے کیا کچھ نہیں کراتی!

امامن اور اماّن نے لڑکی کو بڑے ڈھنگ سے طور طریقے سکھائے۔ موقعہ پا کر انہوں نے نواب صاحب کی خدمت میں لڑکی پیش کی۔ نواب واجد علی شاہ اسے دیکھ کر جھوم اٹھے لڑکی کو فوراً سرکاری حرم میں لے لیا گیا۔ اس کا نام رکھا گیا۔ 'مہک پری'۔ اماّن اور لمامن کو ڈھیر سا انعام واِکرام ملا۔

مہک پری نے تھوڑے ہی دنوں میں نواب صاحب کا من موہ لیا لڑکی کی کنول سی دوشیزگی میں نواب صاحب اتنے محو ہو گئے کہ لڑکی کا رتبہ دوسری بیگموں کے برابر کر دیا گیا۔ اب وہ گمنام لڑکی بیگم کہلوانے لگی۔ لگ بھگ ایک سال بعد اس نے ایک بیٹے کو جنم دیا۔

نواب واجد علی شاہ نے اپنی ڈائری میں درج کیا۔ ''مہک پری کے حاملہ ہونے کی خبر سُن کر بہت راحت ملی۔ اسے افتخار النسا (خاتون کا غرور) کا خطاب دیا گیا۔ بیٹا پیدا ہونے پر سارے راج میں خوشیاں منائی گئیں۔ یہ نواب واجد علی شاہ صاحب کا چوتھا بیٹا تھا۔ اس کا نام رکھا گیا مرزا برجیس قادر۔ مہک پری کو سب سے بڑا خطاب عطا کیا گیا۔ اب وہ حضرت محل، کہلانے لگی۔

مہک پری تیزی سے ترقی کی سیڑھیاں چڑھتی گئی۔ ادھر نواب واجد علی شاہ راج پاٹ کے کاموں میں کم دلچسپی لینے لگے۔ نواب صاحب کا جھکاؤ حرم کی طرف روز بروز بڑھتا گیا۔ ان کی صحت بھی گرتی جا رہی تھی۔ آخر ۴ر فروری ۱۹۵۶ کو انگریزوں نے نواب صاحب سے راج پاٹ چھین لیا۔ انہیں دیس نکالا دے کر کلکتہ بھجوا دیا گیا۔ لکھنؤ میں ان کی ساری بیگمات انگریزوں کی دیکھ ریکھ میں چھوڑ دی گئیں۔ حضرت محل اور دوسری بیگمات کے پاؤں تلے سے زمین کھسک گئی! انہوں نے کبھی خواب میں بھی نہ سوچا تھا کہ ان کو غیروں کے ماتحت رہنا پڑے گا۔ اب مشکلات کی کڑی دھوپ تھی۔

اودھ پر انگریزوں نے قبضہ تو کر لیا لیکن اس تبدیلی کا بہت گہرا ردِ عمل ہوا۔ انگریزوں کے ماتحت دُکھی اور پریشان سپاہی نواب صاحب کے جلا وطن کرنے کی وجہ سے بھڑک اٹھے۔ چنانچہ انہوں نے انگریزوں پر حملہ کر دیا۔ کامیاب سپاہی لکھنؤ (اودھ کا دار الخلافہ) کی جانب بڑھنے لگے۔ سر ہینری لدرینس اودھ کا چیف کمشنر تھا۔ اس نے آنے والے خطرے کا اندازہ لگا لیا تھا۔ اسی لئے اس نے اپنے تمام سپاہیوں اور افسروں کے خاندانوں کو 'مچھلی محل' میں جمع کر دیا۔ 'مچھلی محل' گومتی ندی کے کنارے پر واقع تھا۔ اسے آصف الدولہ نے جان بوجھ کر بلند مقام پر بنوایا تھا۔

انگریز عورتوں اور بچّوں کی جان بچانے کا اس کے سوا کوئی چارہ بھی نہیں تھا۔ دشمن کی فوجیں لکھنؤ کی جانب بڑھتی گئیں۔ جلد از جلد حملہ کرنے کی ضرورت تھی۔ کمشنر فیصلہ نہیں کر سکا کہ کرے تو کیا کرے! لکھنؤ سے چھ میل دوری پر چنھٹ گاؤں میں انگریز فوج جمع تھی۔ ۳۰ / جون ۱۸۵۷ء کو جم کر لڑائی ہوئی۔ ہندوستان فوج انگریز فوج سے تعداد میں کہیں زیادہ تھی۔ اس لئے انگریز فوج کو منہہ کی کھانی پڑی۔ سر ہنری نے انگریز فوج کو پیچھے ہٹنے کا حکم دیا۔ لکھنؤ ہندوستانی فوج کے قبضے میں آگیا۔ اس طرح اودھ کا راج انگریزوں کے ہات سے نکل گیا۔

ہندوستانی فوج نے اپنی منزل حاصل کر لی تھی۔ لیکن سردار کے بغیر فوج کے سپاہی پریشان تھے۔ انہیں سردار چاہیے تھا۔ نواب واجد علی شاہ کو جلا وطن کر کے کلکتہ بھیج دیا گیا تھا۔ اب نواب صاحب کی جگہ کون لے؟ فوج کے سپاہیوں نے ایک ایک کر کے نواب صاحب کی ساری بیگمات سے گزارش کی کہ سلطنت کی باگ ڈور سنبھالیں، لیکن کسی نے 'ہاں' نہ کی۔ جب بیگم حضرت محل سے پوچھا گیا تو وہ مان گئیں۔ اس طرح دس سالہ مرزا برجیس قدر کو نواب ہونے کا اعلان کر دیا گیا اور بیگم حضرت محل اس کی سرپرست بن گئیں۔

کہاں نواب واجد علی شاہ کے محل کا عیش و آرام، کہاں سلطنت کا انتظام! اس کے علاوہ حضرت محل کی پرورش بڑے لاڈ پیار میں ہوئی تھی۔ پھر بھی بیگم حضرت محل نے جس قابلیت سے اپنا فرض نبھایا، اسے ہندوستان کی تاریخ فراموش نہیں کر سکتی۔ ایک انگریز اخبار نویس نے لکھا ہے:

"یہ بیگم نہایت قابل، چست اور چالاک ہے۔ اس نے سارے

اودھ کو چھوڑ کر چلاگیا اور اپنے بیٹے کو نواب تسلیم کرنے کی سفارش کی۔ تمام امیروں نے اس کی بات کی تائید کی۔ اودھ کے باشندوں نے انگریزوں سے ٹکر لینے کی قسم کھائی۔ بیگم نے انگریزوں کے خلاف آخر کار لڑائی لڑنے کا اعلان کر دیا۔ اس سے پتہ چلتا ہے کہ ہندوستانی بیگمات اور رانیاں محض محلوں میں ہی رہنے لائق نہیں، وہ کامیاب حکمران بھی ہوسکتی ہیں۔"

ایک انگریز تاریخ دان نے بیگم صاحبہ کے بارے میں لکھا:

"بیگم نے اودھ کی سلطنت نہایت کامیابی سے چلائی۔ بڑے بڑے انقلابی افسر اونچے عہدوں پر فائز تھے۔ اس انقلابی سرکار کا راج لگ بھگ دس مہینے رہا۔ اس کی سردار تھیں بیگم صاحبہ۔ بیگم صاحبہ نے سارے اودھ کا دورہ کیا۔ چھوٹے بڑے سب کو انگریزوں کے خلاف لڑنے کے لئے متاثر کیا۔ اودھ کے سبھی تعلق داروں اور زمینداروں نے ان کے حکم کی تعمیل کی اور انگریزوں کے خلاف جی جان سے لڑائی لڑی۔"

بیگم صاحبہ نے لکھنؤ شہر کی حفاظت کے لئے ایک دیوار بنوائی۔ اس پر پانچ لاکھ روپیہ خرچ کیا گیا۔ جب بیگم صاحبہ کو پتہ چلا کہ انگریزوں نے نیپال کے راجہ جنگ بہادر کو اپنے ساتھ ملا لیا۔ اُن کا ساتھ دینے پر گورکھپور ضلع اسے دینے کا وعدہ کیا گیا تھا۔ یہ جان کر وہ بہت تلملائیں! بیگم صاحبہ نے رانا صاحب کو فوراً پیش کش کی کہ انہیں ہندوستانیوں کا ساتھ دینا چاہیئے۔ انہیں یقین دلایا گیا کہ انگریزوں کے ناکامیاب ہونے پر رانا صاحب کو گورکھپور، اعظم گڑھ، آرا، چھپرا اور بنارس کے ضلعے دیئے جائیں گے۔

بیگم صاحبہ نے انگریزی فوج میں ہندوستانی افسروں سے گزارش کی

کہ وہ خالی بندوقیں اور توپیں چلائیں۔ گولا بارود سے اپنے دشمن انگریزوں کو نشانہ بنائیں۔

بیگم نے خود ۲۵ر فروری ۱۹۵۸ء کو ہاتھی پر سواز ہو کر لڑائی کمان سنبھالی۔ اس بار انگریز پوری تیاری کے ساتھ آئے تھے۔ گھمسان لڑائی ہوئی۔ آخر جیت انگریزوں کی ہوئی۔ بیگم صاحبہ میدانِ جنگ سے کچھ سپاہیوں کے ہمراہ بھاگ نکلیں۔ اس نے گھاگرا ندی پار کر کے بونڈی (ضلع بہرائچ) کے قلعے میں پناہ لی۔ بیگم نے اپنی ہمت اور کوشش سے گولا بارود اور ہتھیار اور سپاہی جمع کر کے اپنی پوزیشن بہت مضبوط بنالی۔ کہا جاتا ہے کہ ۱۸۵۸ء میں بیگم نے انگریزوں پر کئی حملے کئے۔ اس طرح بیگم نے اس جنگِ آزادی میں انگریزوں کا ناک میں دَم کر دیا۔ اتنی بھیانک لڑائیوں کی مثال جنگِ آزادی کی تاریخ میں کم ملتی ہے۔

مہارانی وکٹوریہ کی تخت نشینی کے بعد انگریزوں نے بیگم کو پینشن اور لالچ دے کر جیتنا چاہا لیکن اس کے جواب میں بیگم نے اپنے بیٹے نواب برجیس کو راج گدی پر بٹھا دیا۔ کسی کمزور سپاہی نے کہا۔ "انگریزوں نے اس کے سارے گناہ معاف کر دیئے ہیں۔ اب وہ اس پر حملہ نہیں کرینگے!" لیکن انگریزوں کی چال تھی۔

لگاتار لڑائیاں لڑتے لڑتے بیگم لگ بھگ ٹوٹ چکی تھیں۔ ان کا زیادہ تر گولا بارود اور سپاہی ختم ہو چکے تھے۔ اس کے باوجود بہادر بیگم نے ہمت نہیں ہاری۔ دراصل وہ کسی بھی قیمت پر بونڈی کا قلعہ چھوڑنے کو رضامند نہ ہوئی۔ آخرکار دسمبر ۱۸۵۸ء کو وہ گنتی کے بہادر سپاہیوں کے ہمراہ ہمالیہ کی ترائی کی جانب کوچ کر گئیں۔ ۱۸۵۹ء کے آخر میں بیگم نے مہاراجہ نیپال کے یہاں پناہ لی۔

انگریز چلاتے رہے کہ مہاراجہ نیپال اسے سہارا نہ دیں۔ کہتے ہیں آخر کار بیگم کا انتقال کاٹھمنڈو (نیپال) میں ہی ہو گیا۔ اُس وقت وہ اپنے بیٹے کے ساتھ عام آدمی کی طرح زندگی کے دن گزار رہی تھیں۔

ایسی بہادر عورت کو تاریخ فراموش کر سکتی ہے؟

❋✦❋✦❋
❋✦❋
❋

# انمول رتن

ایک دن شہنشاہ اکبر گھومنے نکلے۔ ان کے ساتھ فیضی اور دوسرے اردلی تھے۔ قلعے کے نزدیک انہیں ایک اجنبی ملا۔ اس نے نہایت ادب سے جھک کر سلام کیا اور بولا۔ "حضور کا اقبال بلند ہو۔ اجازت ہو تو کچھ عرض کروں! بہت دِنوں سے انتظار تھا۔ یہ آج نادر موقعہ ملا ہے!"

اجنبی کی بات سُن کر شہنشاہ رُکے۔ پھر فیضی سے بولے۔ "وہ آدمی کیا چاہتا ہے؟" اجنبی نے جھک کر پھر سلام کیا اور کانپتی آواز میں بولا۔ "بندہ نواز! کیا عرض کروں، سات سال پہلے کی بات ہے۔ آپ کے دربار کے ایک رتن، بیربل نے مجھ سے ایک ہزار اشرفیاں ادھار لی تھیں۔ میں غم کھاتا رہا، سوچتا رہا کہ بیربل بھلا آدمی ہے۔ جب اس کے پاس پیسے ہونگے لوٹا دے گا مگر آج تک ادھار لوٹانے کی نوبت نہیں آئی، ایک بار ہمت کر کے اُس سے بات بھی کی۔ وہ بہت بُری طرح سے پیش آیا۔ ناک بھوں سکوڑتا رہا۔ یہاں تک کہ اُس نے اُدھار لینے کی بات سے صاف انکار کر دیا۔ بولا۔ "جھوٹا الزام لگاتے ہو۔ میں نے کوئی قرض ورض نہیں لیا۔ جاؤ جس سے شکایت کرنی ہے، کر دو دوبارہ مجھے اپنی شکل مت دکھانا......"

یہ سُن کر میں نے جواب دیا۔ "میں جہاں پناہ کی عدالت میں شکایت کرونگا!"

وہ بگڑتے ہوئے بولا۔ "جہاں پناہ! جہاں پناہ!! کیا کر لینگے وہ میرا؟ مکان قرق کروا دینگے؟ شہر بدر کر دینگے؟؟"

فیضی بگڑتے ہوئے بولا "حضور، سُن لی آپ نے اپنے چہیتے رتن کی

تعریف۔ قرض ادا نہیں کرتے۔ مانگنے پر گالی گلوچ کرتے ہیں۔ یہاں تک کہ حضور کی عزت کی بھی پرواہ نہیں کرتے! غریب پرور، بس یہ دیکھ لیا جائے کہ دستاویز بیربل کے ہاتھ کا لکھا ہے یا نہیں!" اجنبی نے دستاویز آگے بڑھا دیا۔ فیضی فوراً بولے۔ "دستاویز تو صحیح جان پڑتا ہے۔ دستخط بھی بیربل کے ہی ہیں۔ مگر، مگر تمہارا نام کیا ہے اجنبی؟" "خاکسار کو رحمان خاں کہتے ہیں۔ میں آگرہ کا باشندہ ہوں۔ یہاں روزگار کے سلسلے میں آتا رہتا ہوں۔ جناب، میں بیربل کو ایک زمانے سے جانتا ہوں۔ سچ تو یہ ہے کہ میں ہی انہیں آگرہ سے دلّی لایا تھا۔ انہوں نے جہاں پناہ کے دربار میں عزت پائی مگر اب وہ مجھے بالکل بھول چکے ہیں۔ سرکار، دُنیا کتنی بے وفا ہے۔ کوئی زمانہ تھا جب بیربل میرے غریب خانے پر حاضر رہتے تھے اور اب میری بات نہیں سنتے! حضور، میرا قرض دلوا دیجئے مع بیاج کے۔ اب تو قرض دوگنا ہو چکا ہے۔ بیاج نہیں تو اصل رقم ہی دلوا دیجئے گا!"

"ٹھیک ہے، ٹھیک ہے" فیضی دستاویز لوٹاتے ہوئے بولے "کل قلعے میں حاضر ہو جانا۔ جہاں پناہ انصاف پسند ہیں۔ تمہاری درخواست پر غور فرمائیں گے۔ ہاں' یہ دستاویز لانا مت بھولنا!"

"حضور مجھ جیسے غریب کو قلعے میں گھُسنے کون دے گا؟ اگر ایسا ممکن ہوتا تو ناچیز جہاں پناہ سے کبھی کا مل چکا ہوتا۔ یہاں راستے کی خاک کیوں چھانتا!" اجنبی بڑے تپاک سے بولا۔

فیضی کچھ جھنجھلاتے ہوئے بولے۔ "یہ لوگ جو ہمارے ساتھ ہیں، انہیں میں سے کسی کے ساتھ چلے آنا۔ ان میں سے کوئی تو ساتھ لے آئے گا!"

یہ کہہ کر فیضی نے شہنشاہ اکبر کی طرف دیکھا۔ شہنشاہ آگے بڑھے۔

موقعہ پاکر فیضی نے عرض کیا۔ ''جہاں پناہ، گستاخی معاف! بیر بل کا رویہ کتنا قابلِ اعتراض ہے۔ اپنے سامنے کسی کو خاطر میں نہیں لاتا۔ اجنبی کی بات میں وزن ہے!''

شہنشاہ اکبر نے جواب دیا۔ ''کیوں نہیں۔ اس کے ہاتھ کے دستاویز جو ہیں! آخر دستاویز جعلی تھوڑے ہی ہونگے؟ بیر بل ایسا گُل بھی کھلائے گا، ہمیں امید نہ تھی۔ ہماری بدنامی کرتا ہے۔ قرض لیا تھا تو لوٹانا بھی اس کا فرض تھا۔ ہمارا درباری قرض لے اور نہ لوٹائے؟ کتنی شرم کی بات ہے، ہمارے لئے!''

دوسرے دن ٹھیک وقت پر دربار لگا۔ دیوانِ عام میں چہل پہل شروع ہوئی۔ اجنبی کسی طرح قلعے کے اندر پہنچ چکا تھا۔ وہ دیوانِ عام کے سامنے ہی ایک کونے میں کھڑا تھا۔ فیضی کی اس پر نظر پڑی تو اسے بلایا اور اپنی دستاویز پیش کرنے کو کہا۔

اجنبی نے دستاویز پیش کیے۔ بیر بل دربار میں حاضر نہیں تھے اسلئے دوسرے درباریوں کو ان کے خلاف بات کرنے کا موقعہ مل گیا۔ سب نے دستاویز دیکھے۔ ''دستاویز جعلی نہیں ہے۔ دستخط تو بیر بل کے ہی ہیں، کتنی عجیب بات ہے۔ بیر بل نے رحمان کو فریب دینے کی کیسے ہمت کی؟ بیر بل تو شہنشاہ کے لئے وبالِ جان بنتے جارہے ہیں۔ دیکھئے نا، حضرت دربار سے غائب ہیں۔ آج شاید انہیں اس شکایت کا علم ہو گیا ہو گا!''

شہنشاہ اکبر نے حکم دیا۔ ''بیر بل کو فوراً بلوایا جائے تاکہ اس دستاویز پر کچھ رائے قائم کی جاسکے!''

حکم ملتے ہی ہرکارہ بیر بل کو بلانے چلا گیا۔ اجنبی نے موقعہ پاکر بات

بڑھائی۔ "مائی باپ! بیر بل کا تو کل سے پتہ نہیں ہے۔ شاید یہ خبر ملتے ہی کہیں فرار ہو۔ بیر بل جہاں پناہ کا آدمی ہے اس لئے آپ ہی میرا قرض چکا دیں۔ میں اتنی بڑی رقم نہیں چھوڑ سکتا۔ میری اتنی حیثیت نہیں!"

اجنبی کی بات سُن کر شہنشاہ اکبر ناخوش ہو کر بولے۔ "فیضی! ایک کام کرو۔ اس اجنبی کا قرض شاہی خزانے سے ادا کرا دو، ساتھ ہی ایک فرمان نکال دو کہ بیر بل کو برخواست کیا جاتا ہے۔ ایسے شخص کو ہم اپنی خدمت میں کیسے رکھ سکتے ہیں؟" حکم ملتے ہی خزانے سے ایک ہزار اشرفیاں آگئیں اور اس سے دستاویز لے لی گئی۔

اشرفیاں پاتے ہی اجنبی مسکرا اٹھا۔ وہ جھک کر سلام کرتے ہوئے بولا۔ " ایسا انصاف پسند شہنشاہ نہ پیدا ہوا ہے، نہ ہوگا......" اسی وقت ہرکارہ لوٹ آیا۔ فرشی سلام کرتے ہوئے بولا۔ "حضور، بیر بل تو یہیں ہیں۔ وہ یہیں آئے ہیں!" یہ سن کر اجنبی بولا۔ "جہاں پناہ! گستاخی معاف! بیر بل یہیں تھا، یہیں ہے......" ایسا کہتے ہی اس نے بہروپیا بھیس اُتار پھینکا۔ سامنے بیر بل کھڑا تھا۔ سب کی حیرانی کا ٹھکانہ نہ رہا۔ سب ہنستے ہنستے لوٹ پوٹ ہو گئے!